我的房間保衛戰

羅勃・金默・史密斯
ROBERT KIMMEL SMITH

趙永芬 譯

獻給泰迪外公

目次

1 一字不假、句句真實的故事

這個一字不假、句句真實的故事說的是外公搬來和我們一起住、霸占我的房間、害我們祖孫展開大戰的經過，以及後來發生的一切。

我用我爸的打字機把故事一字一句打在沒有畫線的白紙上，因為五年級教我英文的柯蓮老師說過，我們應該把發生在自己身上的大事件寫成故事，而且要寫得「一字不假、句句真實」，還說我們如果記得別人講過的話，寫下的時候，一定要把那些話用上下引號括起來等等有的沒的。

她也交代我們句子要寫得短短的。可是回頭再讀一次我的故事開頭，我覺得自己寫得很糟，光是前兩段就差點占了整頁的一半。

我妹妹珍妮佛剛剛走進房間問我在幹麼，我跟她說了。她叫我把小精靈電玩或每天下午電視第六台重播、她從不錯過的神力女超人寫進故事。「不要。」我說。

「幹麼不要？」

「因為我寫的是外公和我的故事，傻瓜，不是電視上演的那種憑空捏造的故事。」

「故事裡可不可以有一匹馬？」她問。

珍妮佛超級愛馬，總是剪下雜誌裡的馬兒圖片貼在她房間的牆壁上。「沒有。」

「魔法仙女呢？」

「也沒有！」

「我敢打賭你的故事一定很蠢。」她說。

珍妮佛頭戴小精靈鴨舌帽，身穿超人T恤，牛仔褲皮帶上寫著「牛仔褲」三個字，腳上的運動鞋在腳趾頭部分有「左」與「右」字樣，看起來活像是個走動的廣告看板。

「我的故事一定好看極了。」我說。

「它是怎麼開始的？」

「不知道。你大搖大擺晃進我房間的時候，我正在拚命回想哪。」

「我覺得應該是從我開始才對，」珍妮佛說：「因為我發現外公打算搬來我們家住的時候，你還什麼都不知道咧。」

「好主意。」我說。

「記得要寫我長得很漂亮，有長長的金髮，可愛的藍眼睛。」

「我剛剛寫了。」

「現在你的故事才好看了。」她說。

2 故事的開始

我喜歡讀有許多章節、每個章節都輕薄短小的故事，因為這種故事節奏明快，而且讀的時候，你總是找得到自己讀到哪裡了，因此你可以放心，我的故事絕對有一大串小小短短的章節。

故事的確是從珍妮佛走進我房間那時候開始的，她臉上明擺著她知道什麼、我卻一無所知的表情。珍妮佛這輩子的最愛就是祕密。倒不是說她多麼擅長保守祕密，那方面她完全不行。其實如果我想的話，通常都有辦法讓她告訴我任何事，因為我是哥哥，而她只是個小女孩。

「我知道一件你不知道的事喔。」珍妮佛說著，穿過我的房間，一步一步走向我那把壞掉的搖搖椅。

「不准坐我的搖搖椅。」我回答。

她看看我，眼球一翻，嘴脣一噘，扮了個她的招牌鬼臉。

「幹麼不准？」

「因為你總是猛搖猛晃，每次扶手都被你搖得從椅背上掉下來。」

「不會啦。」她說。這是謊話，她總是坐壞我的搖搖椅。

以前這把搖搖椅擺在客廳，後來壞掉了。我媽本來打算把它當垃圾丟掉，但是被我救回來放在我的房間。我爸常說總有一天他要把扶手牢牢黏住，那麼扶手就不會老是鬆脫了。

珍妮佛站得非常靠近我的搖搖椅。「連碰一下也不行！」我搶在她動手之前說。

「你不想知道我知道什麼嗎？」珍妮佛問我。

「你知道什麼我統統知道，而且我懂得比你多的多。」我說著拿起床上的一本書，假裝看起書來，一副不想再說什麼的模樣。

「是外公。」

我繼續看我的書。

「傑克外公。」

我不理她。

「住在佛羅里達的外公。」

我忍不住笑了。我們只有一個外公，他叫傑克，住在佛羅里達州的勞德岱堡。「我記得呀。」我說。

「一點也不好笑，彼得．史托克，」珍妮佛說：「外婆死了以後，傑克外公一個人住在佛羅里達太寂寞了，所以想要搬來和我們一起住，住在這裡，就住在這間屋子裡。我聽見媽媽跟爸爸在講電話。他們想要我們——你和我兩個逗他開心，因為他的腿痛得很厲害什麼的，而且他還在為外婆的事傷心。」

「外公要搬過來住我們家？」我問。

「對呀。」她點頭。

「很好啊，」我說，這是真心話，我很喜歡外公，不過他住得那麼遠，難得跟他見上一面。「珍妮佛，這次你總算發現一個不錯的祕密。」我說。

「我要說的祕密才不是那個，」她說著一手按在屁股上，擺了個姿勢，活像是一尊雕像。「你想他會住哪個房間？」

「不知道，可能是三樓的客房吧。」

她咧嘴一笑，露出了牙齒中間的舌頭。「噢，不是，」她說：「要搬到三樓的是你。」

「我！」

「答對了。」她笑得更開心了，因為我開始大聲哀號。

「你是說外公要住在我的房間？」

「不告訴你，」珍妮佛說：「那是祕密。」

3 一點也不陰森可怕的房間

讓我跟你說說我的房間。我愛死它了！！！

我生在這裡。喔，其實我是在醫院出生的，不過我在這個房間住了一輩子，到今天為止，已經住了十年。以前我的嬰兒床放在角落的窗邊，可以從那裡望見樓下的車道，現在我的床緊緊挨著長長的牆壁，床頭板後方是我的書架和一盞照明燈。小時候放搖籃的位置現在擺著書桌，我可以一邊做功課，一邊看窗外。我的玩具全都放在幾個黃色櫃子裡，櫃子頂上的鞋盒裡放的是我收藏的棒球卡。地板上鋪了厚厚的毛毯，小時候在上面爬來爬去，總覺得兩隻腳好癢好癢。抽屜櫃上方那面牆壁掛的是一張漢克．阿倫揮出第七百一十五支全壘打的海報。

這個房間是**我的**，家人當中沒有一個住過這裡，一個也沒有。我知道我的房間一大早是什麼模樣，清晨的曙光先悄悄爬過後方墨菲家的屋頂，再穿透我的百葉窗。我知道下大雨時雨打窗玻璃和屋外排水管上的砰砰聲響。哪怕是三更半夜起床，我也可以閉著眼睛在房間裡來去走動，因為我很清楚每樣東西放在哪裡。

我的房間一點也不陰森可怕。夜裡聽見地板嘎吱一下，我知道那是地板在響，不是什麼魔鬼。起風時楓樹枝葉刮擦著屋外的陽台，我也不擔心是不是有壞蛋要偷偷潛入家裡。

倘若你在一個房間住了一輩子，那個房間就是你的。它不屬於珍妮佛，不屬於我爸或我媽，當然也不屬於傑克外公，他連一天也沒住過這個屋子。

這個房間是我的，我愛它，我就該住在裡面，永遠也別想叫我住到別的地方。

4 要命的晚餐

這一章寫的是當天晚餐桌上發生的事。我對自己的行為並不感到驕傲，但我仍然決定寫出來，因為那才算是一字不假，句句真實。

珍妮佛走漏外公要搬來一起住的消息給我之後，我可沒有馬上衝去找我媽哭訴。對於壞消息這回事，我總覺得與其像個白痴似的到處跑去找它，不如等它來找我。

不過，可以告訴你的是，我整個下午的心情都壞透了，根本沒什麼胃口吃晚餐。

當天晚上，我爸大概六點回到家，跟平常下班時間差不多。我爸的名字叫亞瑟，他是個會計。萬一你不知道的話，會計的工作就是算錢，他們計算一個人、一間公司到底有多少錢，這些錢除了花掉以外，又該拿來做什麼。每年春天大家必須繳所得稅的時候，我爸總是非常忙碌，偶爾會很晚回家，連週末也可能要加班。他說這叫「報稅期間」，而且要連續忙上好幾個月。每逢報稅期間，他就一頭鑽到我家地下室的辦公室裡埋頭苦幹，直到報稅期間結束才出來。

跟你說了這麼多，我也不得不說句老實話，其實我根本不曉得我爸到底在做什麼，只知道他常常需要用計算機，還有幾冊叫做分類帳的大本子。

總之，外公的話題就在我們吃甜點、喝牛奶的時候出現了，說起外公的人是媽媽。

「孩子們，」她說：「我要宣布一個好棒的消息。」

好棒？我想著。如果這個消息好棒，那星期四就是星期天了。

「你們知道的，自從外婆過世以後，住在佛羅里達的傑克外公一直很傷心。前幾天我跟他講電話，你們猜怎麼樣？他已經賣掉那邊的房子，馬上就要搬來和我們一起住了。是不是很令人興奮啊？」

一臉開心的媽媽巴巴望著我，我勉強露出微笑，很淺很淺的微笑。「太好了。」我說，這大概是我這輩子說過最大的謊話吧。

「你們終於有機會好好認識外公了，」爸爸說：「他是個很棒的人，彼得，何況他又那麼疼愛你和珍妮。」

「我愛他像山那麼高，海那麼深，」珍妮說：「每年我過生日，他都寄糖果給我吃。」

這就是我的傻妹妹。哪怕是科學怪人請她吃巧克力，她也願意當他最好的朋友。

「外公什麼時候搬過來？」我問。

「再過一個星期吧，」媽媽說：「他得先把幾件最後一分鐘才能解決的事辦好，然後就飛來這裡長住了。」

「孩子啊，我們一定要讓外公覺得受到歡迎，」爸爸說：「現在我們的家就是他的家，我希望你們把外公當家人一樣尊敬，要對他有禮貌。還有，他那麼想念外婆，對他也要多幾分體諒。」

「以後外公天天都在，」媽媽說：「一開始可能會覺得有點奇怪，但我知道你們一定會盡可能讓他開心的。」

「我可不可以跳芭蕾練習舞步給他看？」珍妮佛問。

「大概吧，」爸爸微笑著說：「他說不定會喜歡喔。」

「我跳舞的時候，他會不會幫我彈鋼琴伴奏？」

「除非他一下子就學會彈鋼琴吧。」媽媽說。

「他會不會陪我玩撲克牌？」珍妮佛問。

「珍妮佛，」爸爸說：「可別一看見傑克外公進門，就纏著他不放。等他安頓下來，慢慢住習慣了再說。」說完爸爸轉頭看著我。「彼得？怎麼這麼安靜？」

「只是在想事情。」我說。

「是不是擔心外公住在這裡？」媽媽問。

「有一點，」我說。我看見爸媽交換一個奇怪的眼神。「他要住哪個房間？」我問：「是客房嗎？」

「這個嘛，」爸爸帶了點嘆息的口氣說：「不是，彼得。」

「那他到底是住哪裡？」我問。

「我們談談也好，」爸爸開口說道。「彼得，你知道外公的腿不好，上下樓梯很吃力，所以安排他住在頂樓的話，他就得爬兩層樓，那可不是什麼好主意。」

「再說頂樓的浴室只有半套衛生設備，彼得，」媽媽說：「如果我們讓外公住在那裡，要洗澡非下樓不可，洗完以後又得上樓。」

「難道不能在頂樓浴室加個淋浴間？」我問。

「不太行。」爸爸說。

「為什麼？」我說：「樓上那幾個用來放雜物的房間小小舊舊的，你可以把浴室改大一點啊。」

「聽著，彼得，」爸爸說：「外公到底住哪個房間好，我跟你媽幾乎想破頭了，想來想去似乎只有一個答案。」

「不要！」我飛快答道。

「彼得，非你房間不可。」爸爸說。

「我絕對、徹底、百分之百反對！ㄈㄢˇ——ㄉㄨㄟˋ！」我不光是用說的，而是扯著喉嚨大喊大叫。

「彼得，」媽媽說：「別這麼大聲嚷嚷。」

「你不希望外公跟我們一起住嗎？」珍妮佛說：「你怎麼這麼壞心？」

「不關你的事，笨蛋！」我對她說。

「噢，彼得。」爸爸嘆著氣，邊說邊慢慢搖頭。

「為什麼珍妮佛就不能把她的房間讓出來？」我問：「為什麼非我不可？」

「彼得，她還是個小娃娃。」媽媽說。

「我才不是咧！」珍妮佛說，一副大受委屈的樣子。

「她偶爾睡到半夜還是會驚醒，」媽媽繼續說道。「而且她比你更需要照顧，尤其是早上穿衣服。你也曉得她動作老是慢吞吞的，要是沒有我在後面盯著，上學一定天天遲到。彼得，你現在是個大男生，幾乎已經長大了。你知道我就靠你了。」

「不公平。」我說。

「外婆過世不公平，」爸爸說：「外公既傷心又寂寞也不公平。彼得，人生本來就有不公平的時候。」

「我們會盡量讓你在三樓住得舒舒服服，」媽媽說：「誰知道？搞不好你在那兒會住得很愉快呢。」

「噢，不、不可能！」我喊道。「我愛我的房間。那是我的！」話是說出口了，但我明白說了也沒用，因此我唯一能做的就是從椅子上一躍而起，拔腿狂奔到樓上我的房間，把身子甩在床上，像個瘋子似的哭得死去活來。

5 像藍色的天空一般憂鬱

前一章的篇幅好長，我一章最多只願意寫那麼多，花了我整整五天才寫完！作家們一本本既厚又重的書，真不曉得怎麼寫的，想必耗盡他們畢生的心血吧。

待在頂樓房間寫故事的同時，我也覺得悲哀，心情和藍色的天空一樣憂鬱。

每當父母勉強孩子做什麼事的時候，結果通常只有一個，那就是父母總是會贏。那也是當父母的一大優勢，怎麼講都能講贏。

比方說上鋼琴課吧。我每星期去畢度太太家上一堂課，每堂課四十五分鐘，把那一個個愚蠢的琴鍵使勁敲得乒乒乓乓響，她坐在我身邊不時嘆氣又搖頭。我想不想上鋼琴課？不想。我是不是非上不可？是。每天下午放學以後，我想不想練琴？不想。我媽有沒有逼我？你知道答案。

為什麼我不能改上棒球課呢？

如果每週有人投四十五分鐘棒球給我練習打擊的話，那麼說不定我能慢慢學會打到球，至少不會老是慘遭三振出局。我現在就是這樣，頂多碰巧擊中一、兩次球而已。去年我整個球季只打出兩支安打。

無論如何，後來我爸上樓到我房間來找我說話。我們談話的時候，我的胃裡一直有種不斷往下沉的感覺，我知道我是講不贏他了。不管珍妮佛怎麼說，她畢竟還是個小娃娃，所以他們不能把她換到樓上的房間。再說外公一條腿走不好，不方便住在頂樓的房間。「很抱歉，彼得，事情也只能這樣了。」爸爸說。

「我能不能說這件事爛透了？」我說。

「當然可以。」

「爛透了。」

「我同意。」爸爸說。

「討厭、噁心、差勁、惡劣！」我說。

「的確，」爸爸說：「我們這個週末就要把你的東西一點一點搬到樓上去了，相信你在三樓會住得很舒服。」

「我一定會討厭死它的。」

「如果你抱著這種態度的話，那就一定會討厭它，」爸爸說：「給它一個機會，彼得。」

「我有選擇嗎？」我問。

「沒有。」

「我不想再說了。」

於是我們再也沒有提起。

6 我發誓

我把我的誓言用白紙黑字寫下來，這樣我才永遠不會忘記。

等我長大有了小孩以後，我發誓絕不勉強他做任何他不想做的事。

上帝作證，這是我的鄭重誓言。

除了非常重要的事情以外，比方說他不想刷牙的話，我就不得不逼他聽話，要不然他滿口蛀牙怎麼辦？

或者是他不吃青菜，那他就吸收不到幫助他健康成長的維生素之類的。

又或者是有輛汽車迎面而來，他卻想要闖越馬路，那我當然非阻止他不可。

或是他拿火柴、電器、有毒的，還是可能傷害他的東西亂玩一通的話。

還有，要是他不肯上學，我猜我非逼他乖乖上學不可，我可不希望他長成一個大傻瓜。

或許還有幾件他可能想做但我還沒想到的事，除此以外就沒有了。

我發誓一定說到做到。

7 亂七八糟的東西

我發現我的句子又變得好長，現在我要把句子寫短一點。

說到我爸。他開始搬東西了。搬我的東西。從我的房間。搬到樓上的客房。在頂樓。也就是三樓。

我的玩具櫃是量販店買的黃色美耐板櫥櫃，白色頂板，外面有兩扇門，裡面三層架子。我的寶貝統統放在裡面：我的桌遊、大富翁、棒球、妙探尋凶、職場大亨、戰國風雲，蛇梯棋。我的色鉛筆擺在一個塑膠盒裡，不過多半都是斷掉的。幾本我在外面想家的時候才會拿來畫畫的舊著色簿。我的棒球卡全都收在玩具櫃頂上的幾個鞋盒裡，我從七歲就開始蒐集棒球卡了，到現在已經有將近兩千張。

接著我媽把我夏天的衣服搬上樓，放進客房的衣櫥裡，現在是我的新房間了。

我不得不幫我爸把我的書架搬到樓上。我先搬我的獎盃。它們都擺在書架頂上。我有六座獎盃。棒球獎盃是我加入比佛利小男生棒球隊期間得到的。我六歲那年加入球隊。球隊的每個球員都有一座。另一座獎盃是參加保齡球比賽得到的。我打了九十六分。是我有史以來最高分。

老實告訴你吧。參加那次保齡球比賽的小孩，每個都拿到一座獎盃。

若要把書架搬上樓，就得先搬光書架上的東西。我們先把我的書放在地板上。我的《偵探男孩》全集，我的《大腦奧祕》全集，我收藏的運動故事書，我的全套平裝版棒球隊紀錄書。

等我們把這些東西一樣一樣搬上樓以後，我的房間漸漸顯得空蕩蕩的。

接下來就是取下牆壁上的圖片，再把它們掛到三樓。漢克・阿倫的第七百一十五支全壘打，職棒大聯盟投手湯姆・西佛的投球英姿，登上月球的第一批太空人，幾幅我畫得最出色的學校作業。沒多久，我的牆壁就光禿禿的了。

這會兒我的房間看上去怪裡怪氣，一點也不像我的房間。躺在床上的我開始覺得這不是我的房間，好像我不再屬於這裡似的。

外公搬來幾天之前，我們動手搬我的抽屜櫃，先拿出每個抽屜，然後一個個搬到樓上，最後才移動櫃子。其實沒有很重。接著我們把客房的舊抽屜櫃搬到樓下我的房間。每天晚上，我都得上樓拿明天要穿的乾淨衣服。

下一個搬的是我的書桌。我們把它擺在樓上客房的角落。每天放學以後，我不得不上頂樓去做功課。

現在房間裡只剩下我的床。在外公來的前一天晚上，它也被搬到樓上。

這下子客房所有的家具都在我的房間，我所有的東西也都搬進了頂樓的客房。

「看來從今天晚上起，你要睡在這裡了。」我爸說。

我什麼話也沒說。

「彼得，你還好吧？」我爸問道。「你看起來快要哭出來了。」

「我不會哭。」我說，多麼希望這是真話。

「你會習慣的，」爸爸說著望向窗外。「從高處往外看的景色不錯喔。彼得，過來看一下。」

我站在爸爸身邊往外瞧。我看見對街陶柏家的房子，街角路燈的燈光穿透樹間照射過來，草地上那棵大樹看來貼得好近，感覺像是摸得到樹幹似的。

爸爸用手臂攬住我的肩膀。「彼得，長大並不容易，」他說：「有些事就算你不喜歡，有時候也非做不可。」

「我討厭這裡。」我說。

爸爸嘆了口氣。「我懂。可是，彼得，你絕對不可以讓傑克外公知道，否則他的心情一定壞到極點。相信我，他的心情已經夠糟了。」

爸爸摟著我的時候我沒說話，甚至也不覺得好過一點。

最後一個搬到客房的就是我。

8 一夜驚魂

故事這個部分讓我感到有點丟臉，但我必須實話實說。我不光是為了失去一個心愛的房間氣得發瘋，也覺得一個人睡在樓上有點心驚膽戰。

我在頂樓的浴室刷牙，在上床前漱洗一番。現在我不再用樓下那間珍妮佛和我共用的漂亮浴室，而是這個既小又暗的浴室，有夠爛的。鏡子好舊好舊，上面還有深色的汙漬。小得可憐的洗手台泛著黃斑，不再雪白。牆壁是深色的舊木板，簡直像是樹林裡隨便搭建的小木屋。

我到樓下爸媽的房間給媽媽一個晚安吻。回到頂樓的半路上，我往我的舊房間偷瞄一眼。擺了不同家具的房間看來好奇怪，怪得讓人有點心痛。

走到我房間的路上挺嚇人的。通往頂樓的樓梯窄窄的，而且會晃，階梯只是光禿禿的木板，一踩上去就咯吱咯吱響，燈光暗矇矇的，哪像上到二樓的階梯鋪了厚墩墩的毛毯，還裝了美麗的燈具，走起來有如大白天一樣明亮。

樓上的走廊也好恐怖。窄窄小小的空間烏漆抹黑，幾道敞開的門，幾個空蕩蕩的房間，看來彷彿是躲了壞人的黑洞窟。

我知道聽起來好蠢，但我的感覺就是這樣。我知道世上根本沒有躲在暗處抓走小孩的惡魔，可是晚上九點走過這條狹小陰暗的走廊，聽著地板嘰嘎作響，那時知不知道什麼一點也不重要，你就是會怕得半死。

我連走帶跳的衝進我的新房間，然後飛快把門「砰」的一聲關上，接著幾乎是一樣快手快腳的飛撲上床，整個人鑽進被子裡。

過了一會兒我才把燈關上，我不想這麼快讓房間變成一片黑暗，不過終究還是關燈了，之後果真十分恐怖。

我說過，在我以前的房間，每樣東西放在哪裡我很清楚，而且一點也不覺得陰森可怕。可是頂樓這個房間很不一樣。

有一道忽隱忽現的光線映照在天花板和牆壁上，於是暗影隨著光線或隱或現到處跳來跳去。窗外傳來沙沙的聲響，還有走廊上不知什麼發出的聲音。我是不是聽見門外有腳步聲？

這些經歷寫來似乎輕鬆自在，聽來我也好像相當勇敢，其實我已經嚇得魂不附體。牆壁上那一道搖曳閃爍的黃色光影，漸漸變得愈來愈酷似隨時要伸過來抓我的兩隻黑色手臂。「心臟啊，別跳這麼快！」我輕聲對自己說著，媽媽有時候會這麼說。我覺得自己像個白痴，這麼自言自語的，可是房間裡只有我孤單一個人。「沒什麼啦。」我說著在胸口畫十字，然後又用腳趾頭畫十字。快睡覺，我告訴自己，只要閉上眼睛睡著，什麼事都沒有了。

哈！

我擺出最好入睡的姿勢，也就是蜷曲身體靠右邊側躺，雙手擱在胸前。過了一會兒我才想通了，那窸窸窣窣的聲音一定是窗外那棵高大老樹發出來的，那令人毛骨悚然的黃色光影可能來自街角的路燈，我門外的怪聲只不過是老舊地板咯吱作響，根本沒有什麼壞人或是殺人凶手躲在這裡要抓我。

可能是吧。

然後我開始怒火上升。

為什麼全家只有我一個人要為外公犧牲？為什麼偏偏是我？為什麼把我塞在這個噁爛又恐怖的地方，不能睡在我那舒服、自在的老房間？

我想到我有一本描述古代海戰的書，書裡附有插圖，其中一幅畫的是海軍軍官約翰・保羅・瓊斯站在甲板上，手中揮舞他那把大大的彎刀。「我才正要開戰呢！」他說。

這倒是讓我想到一個主意，說不定我仍然有辦法把原本屬於我的東西搶回來。可是該怎麼做呢？

後來我總算睡著的時候，腦中想的就是這個。

9 傑克外公

現在我得說說傑克外公和他終於搬來我家住那天以及漸漸安頓下來之後又發生哪些事等等之類的。

這個句子又寫得太長了。

小時候外公外婆就住在附近，我跟他們很親。我還記得他們幾乎每個週末都會來我們家，也常常陪我一起玩。不幸的是後來外婆得了一種名叫肺氣腫的重病，這種病是抽菸引起的。我覺得任何人要是抽菸的話，那八成是瘋了。肺氣腫這個病害得外婆呼吸起來非常困難，媽媽說碰到風大或是天氣寒冷的日子，外婆連一隻腳都不能跨出家裡，更別說是外出走走了。

珍妮佛大約就在那個時候出生，同時外公外婆也搬到佛羅里達州，媽媽說那裡溫暖的氣候對外婆的肺比較好。我記得他們搬走的時候我好難過，我很愛外公外婆，因為他們總是樂於陪我玩，而且不管我做什麼，他們幾乎都覺得沒問題。

從那時候起，每年只有去佛羅里達他們家過聖誕節的時候，我才見得到他們，其他日子可能只是每週打一次電話聊聊罷了。

然後外婆去世了。

如今剩下外公孤單一個人，實在很難想像。我只認識在一起的外公外婆，他們向來都是兩個一起和我們一家人見面，好比鞋子與手套，總是成雙成對，不過現在只剩外公了。

爸爸去機場接外公回家。他在車道上停好車子之後按著喇叭，我們聽了統統跑到屋外迎接，儘管媽媽剛剛才囑咐過珍妮佛別纏著外公非要他抱不可，然而一見到外公下車，她立刻跳起來摟著他的脖子不放，到頭來爸爸不得不把她抱走。接著外公把我擁在懷裡好久好久，然後才把我拉開一點看個清楚。「你已經不是小豆莢了，」他說，那是他給我取的綽號。「彼得，你像小草一樣竄得好高，打從去年聖誕節以來，你起碼長高七、八公分呢！」

他微笑著對我說，眼睛四周笑出了皺紋，我也微笑看著他。

他跟我上回見到的樣子不太一樣。他古銅色臉龐上的線條與皺紋似乎變得更深，腰更彎，背更駝，而且他就算是在微笑，眼中依然帶著一抹哀傷的神色。等我們終於走進屋子，我和爸爸幫忙外公拿行李的時候，我發現外公的腿比以前跛得更厲害了。

外公退休以前在營造公司上班，多半是在蓋房子。多年前一塊大大的木板掉在他身上，砸斷了他的腿。媽媽和外婆經常說那條腿始終沒醫好，現在媽媽又說外公的腿走不好，是因為風溼關節炎的緣故。

外公到家的時候已經很晚，我們七手八腳把他的東西抬上樓，幫他在他的房間裡安頓下來。我的意思是我的房間，我原來的房間，現在是他的房間了。我認為幫忙就是幫外公拿出行李箱裡的襯衫，再放進他的衣櫃裡。珍妮佛的幫忙卻是在房間的正中央表演腳尖旋轉，跌跌撞撞的撲到每一個人身上。

終於，媽媽把珍妮佛和我趕出房間，逼我們準備上床睡覺。我乖乖漱洗完畢，換上睡衣褲，再下樓到廚房跟爸媽道晚安。他倆坐在廚房餐桌前喝茶，我知道我走進去的時候，他們正在說悄悄話，因為一見到我，他們馬上閉嘴，臉上的表情好怪。我媽看起來非常難過，像是快要哭出來了。她似乎把我抱得太緊了點，又搔搔我的頭髮。我說了晚安。

不過我沒有立刻回房，而是待在樓梯底下聽聽他們在說些什麼。我沒猜錯，她是在哭。「他看起來糟透了。」她哭著說。

「莎莉，別這樣，」我聽見我爸說。「你也知道他累壞了。對他來說，今天可是好漫長的一天，休息幾天就會沒事的。」

「他一點活力也沒有，」媽媽說：「毫無生氣。」

「她才過世幾個月而已，」爸爸說：「他很消沉。親愛的，他需要時間。」

「希望你是對的。」媽媽說。

我輕手輕腳爬上樓梯，不想讓爸媽聽見我的聲音，然後我去向外公道晚安。他坐在床邊，手裡捧著一樣東西，我看見那銀色相框裡放的是一張外婆的照片。「外公晚安。」我說，但我猜他根本沒聽見，只是盯著照片中外婆的臉，一動也不動。

上樓時我想，媽媽說得對。外公看起來一點活力也沒有。人有可能因為傷心而死嗎？我好想知道。可能嗎？

10 又一個夜晚，又一個驚魂夜

我頂樓的新房間仍然嚇人，搞不好比昨天晚上更恐怖。

地板又發出咯吱咯吱的聲音，天花板上仍然是到處舞動的光影，我也仍然覺得有個殺人凶手埋伏在我房門外，想要進來砍死睡在床上的我。

你儘管笑吧。我都嚇傻了。

11 只有傻瓜才哭喪著臉

現在我要告訴你一個很特別的字詞，叫做「哭喪著臉」。

我妹妹珍妮佛經常那樣，媽媽說她真的很愛哭喪著臉，意思是一臉沮喪站在那裡，一副明天就是世界末日的德性。我媽一天到晚對珍妮佛說：「只有傻瓜才哭喪著臉。」每當珍妮佛吵著媽媽放下手邊的事跟她玩牌還是什麼的時候，通常都擺出一張苦臉。當然，珍妮也總是挑媽媽忙翻的時候哭喪著臉，譬如晚餐或午餐之前，或是媽媽正要出門購物，還是清理什麼的時候。「現在不行，」媽媽說：「別哭喪著臉給我看。」

我提到哭喪著臉的原因，還不是因為外公天天都是這樣。他幾乎從早到晚都待在房間裡，我要是邀他和我一起去哪個地方散步，他就說：「謝謝你，彼得，不用了，我在房裡休息休息就好。」偶爾他也在客廳裡坐坐，他也真的只願意坐坐而已，那時他會怔怔望著空氣發呆，既不拿雜誌起來看，也不看電視。

吃過午餐以後，我偶爾會問他要不要跟我玩接球，或是逛到附近的糖果店買個冰淇淋甜筒來吃。「今天不吃了，彼得，謝謝。」他會這麼說，然後要不在門廊或客廳坐著，要不乾脆什麼也不做。

我敢說他剛搬來的頭兩個禮拜，八成連出門走到街角也沒有過，只是呆坐在家裡而已。他搬到佛羅里達和外婆去世以前不是這樣的，還記得我小時候的他有多麼活潑，又多麼精力充沛。

以前他是這麼說的：「我們會比一窩猴子玩得更開心。」我們也真的玩得好開心。以前他經常帶我去公園或動物園玩，跟他在一起的時候，我向來很快樂。我喜歡外公的一切，他講話時跳上跳下的小白鬍子，他把我高高抛到空中再接住，或是抱著我轉圈圈，甚至他的口氣也總是透著薄荷的味道。

我喜歡他抛球給我，我奮力接住的玩法。當時我年紀還小，幾乎抓不住球，不過跟他玩球真是有趣。

我知道爸爸媽媽很擔心外公，擔心他似乎始終都是筋疲力竭又悶悶不樂的樣子。我們去看過兩場電影，上過一次餐館，然後外公又一直待在家裡。「你們去吧，」他說：「我一個人待在家裡就好。」

「一起去吧，」爸爸勸道，「滿好玩的。」

「你們好好玩，」外公說：「我只會掃你們的興。」

我看見爸媽之間交換了個擔憂的眼神，可是我一問爸爸，他只說：「外公有點累了，彼得，如此而已。他很快就會走出來的。」

是喔，我想，很快到底是多快？

12 好友相挺

「我才不管你怎麼說，」我朋友史提夫．梅耶說：「我覺得這太可惡了。」

「史提夫說得對，」比利．艾斯頓說：「你外公霸占了你的房間，真的很不公平。」

「對了，」史提夫說：「我要入侵魁北克了。」

我們在玩戰國風雲，每次我們到史提夫家都只玩這種桌遊。

客廳窗外瘋也似的下著滂沱大雨，史提夫是戰國風雲狂熱玩家，或是專家，或者兩個都是，比利和我怎麼也玩不贏他。不過今天我尤其玩得不順手，或許是因為我注意力渙散吧。

史提夫和比利是我幼兒園就認識的好朋友。史提夫長得比我高也比我瘦，戴了一副細框眼鏡，可能是看太多書了。比利比我們兩個都矮一點，一頭鬈曲的紅髮，臉上長了好幾千顆雀斑。比利六歲那年，他爸爸在他房間門口釘上一條單槓，比利進出房間的時候，總是把手臂擱上單槓，用臂膀的力量把身體往上挺，直到下巴高過單槓。這種引體向上的動作，比利可以連做十五個，我知道是因為有一次我跟他打賭，賭他做不到十五個，害我輸了兩毛五分錢。我可以做三個半，史提夫幾乎一個也不行。

「丟骰子。」史提夫說，我丟了，結果當然又輸掉一支軍隊，我又有一塊領土被史提夫占領了。史提夫看我一眼，搖搖頭。「你真是蠢哪。」他說。

「聽著，」我說：「他是我外公。我能怎樣？」

「奮戰一場啊，」史提夫說：「為你的權利奮力一戰。」

「我有啊。」我說。

「我絕不讓任何人搶走我的房間，」比利說著一手握拳，猛擊另一隻手掌。「啪！一拳打中鼻梁！」

「是啊，比利。」史提夫說著對我眨眼睛。我倆都知道比利向來喜歡這樣撂狠話，偏偏有一回他碰上學校一個叫菲爾的傢伙，結果還不是跟我們一樣像個膽小鬼。

「你們不懂嗎？我被困住了，」我說：「我不能讓我外公知道我為了把房間讓給他有多火大，如果連說都不能說，我又能怎麼辦？」

「你太軟弱，」史提夫說：「你是什麼？受氣包嗎？」

「你不能讓霸占你房間的人踩在你的頭上。」比利說。

史提夫把四組同花紙牌攤在桌上，於是又收編了十支大軍。遊戲盤上的世界版圖已經被他控制一半，也就是說這一盤快要玩完了。他陰陽怪氣的看著我，隨後臉上慢慢泛起微笑。「我想到一個點子，」史提夫說：「沒錯，搞不好行得通。」

我靜待史提夫轉動腦袋裡的輪子。

「一七七六年。」史提夫說。

比利說：「啥？」

「爭取獨立的美洲新移民對抗英國皇軍的勢力，」史提夫繼續說道。「紅色制服的英國皇軍成密集隊形穿越原野，英國人作戰向來都是這個陣仗。你猜美洲殖民地的民兵怎麼做？他們躲在岩石和大樹後面突擊英軍，邊打邊跑。」

「這跟他外公有什麼關係啊？」比利問。

史提夫繼續娓娓道來。「你們知不知道英軍曾經抱怨那些民兵打仗一點也不光明磊落？光明磊落？」

「史提夫——」我話才出口。

「還有傳奇人物蒙面俠蘇洛，」史提夫說得滔滔不絕，「有權有勢又有錢的他對抗獨裁國王的政權，抵抗王權必死無疑，所以他不得不隱藏自己的身分。那他究竟如何幫助鄉民抵禦暴政呢？他戴上面具行俠仗義。」

「像蝙蝠俠和羅賓一樣。」比利說。

「差不多。」史提夫說。

「我該怎麼做？」我問：「拿把劍跟他決鬥？跟我外公？」

「打游擊戰，」史提夫說，幾乎是自言自語了。「當你綁手綁腳，又沒有其他辦法的時候，只有躲在岩石後面突擊，並且隱藏你的身分。」

「你瘋了。」我說。

「這是唯一的辦法，」史提夫說：「你考慮一下。」

13 頂樓的燈光

游擊戰。

躲在岩石和大樹後面。戴上面具。

我躺在床上想著史提夫說的話，他的話聽來非常瘋狂，但似乎又滿有道理。我當然已經被綁住手腳，我的家人搶走我的房間，又不給我反擊的機會。

然後我開始想到為了爭取美國獨立投入革命的先人。他們對抗的是誰呢?英國國王。國王算得上是他們的父親,甚至可以說是他們的祖父。一七七六年的他當然是權貴中地位最高、權力最大的君主,絕對是的,可是北美殖民地的移民為了爭取權利而反抗他,他們冒險固守萊辛頓和康科德兩個地方,射出響徹全世界的那一槍。

但你可不能拿槍射你外公,至少在我家是萬萬不可。

沒希望了。

緊接著我想到一個滑稽的主意,後來又想到一個,於是我愈來愈清楚到底該怎麼做了。

14 宣戰！！！

我到處窺伺一番，確定四下無人，這才摸黑下樓到我爸地下室的辦公室。房裡亂七八糟，天花板上本來有三盞燈，不過只有一盞會亮。地板是爸爸自己鋪的，有幾塊地磚已經鬆了，靠近浴室的角落有個洗手台，但那也是壞的，而且沒有人會修。幸好我只要用爸爸的打字機，而打字機是好的。

如果你要發動一場戰爭，那就一定要給敵人寫張字條等等之類的，告訴他們你要什麼，你要那東西的原因又是什麼。我必須讓外公知道我為什麼要向他宣戰，但我實在不想在字條上簽我的名字，甚至不想留下我的筆跡，因為萬一字條落到我爸媽手裡，不但戰爭就此結束，搞不好我也完蛋了。

我拿一張爸爸用過的紙夾在他的打字機裡開始打字。以下就是我打的內容：

宣戰聲明！！！

你偷了一件屬於我的東西。你霸占我的房間，我要把它討回來。這是一個警告。限你二十四小時歸還，否則我們就開戰。

我的署名是：**神祕武士**

我覺得這樣挺帥的。這封戰書的口氣聽來強硬又冷酷，好像每一句話都是絕對認真的。其實我打字的時候好緊張，兩隻手抖個不停，後來我又想到外公鐵定會把它拿給爸媽看，所以我在底下加了P.S.。

P.S. 這是你和我之間的戰爭。請不要向我爸媽告狀，否則我再也不跟你說話了。

嗯，我想，如果你要發動一場戰爭，這張字條是個很好的開始。眼前的問題是，我該拿它怎麼辦？

這件事我細細思量了好久，起碼有十分鐘吧。我要把它放在一個外公單獨一人時找得到的地方，我絕對不希望其他任何一個家人看到它，那就表示我必須把它藏在外公的房間——在他占用之前，那個房間原本是我的。我得趁我媽沒有上樓來打掃的時候偷偷把宣戰書藏到房裡。

我苦苦等到晚餐過後，那封摺好的字條一直藏在我的褲子口袋裡，幾乎藏了一整天，我彷彿一隻渾身顫抖的兔子，光是感覺那張紙在褲袋裡被壓得皺巴巴的，我就忍不住緊張起來。

現在外公幾乎天天晚上坐在客廳看電視，這會兒一看見外公在電視機前面坐下，我就躡手躡腳往樓上走。走進外公房間之後，我悄悄把門關上，接著前後左右看了一圈。外公在櫃子上擺著外婆的照片，鑲嵌在銀色舊相框裡，旁邊有一支髮刷和一把扁梳。沒想到房門突然開了，嚇得我差點魂飛魄散。

「嗨，彼得，」珍妮佛說：「你在幹麼？」

「沒幹麼。」我說得好快，聲音尖銳又刺耳，聽在耳裡好滑稽。

覺得奇怪的珍妮佛看我一眼。「我是不是嚇到你了？」

「沒有，你才沒嚇到我。」我撒謊。

「你看起來好奇怪，」她說著聳聳肩膀。「要不要玩撲克牌？爸媽在忙，外公又太累了。」

珍妮佛就是這樣，我即將發動一場戰爭，她卻想玩牌。

「我不想玩撲克牌，」我說：「也不想玩別的蠢遊戲。你幹麼不到樓下去陪外公看電視？還是看書？或是練習跳芭蕾？或是任何別的事，就是別上這裡來煩我行不行？」

她目不轉睛看了我足足一分鐘。「你好奇怪，」她說：「超怪。」說完她便走出房間。

假如戰爭就是這樣，我想，我大概當不了傑出的軍人。我掏出褲子口袋裡摺疊起來的字條，展開，然後把它塞在外公被子底下的枕頭上面，他除非是瞎了才看不見吧。因此他今晚一定能讀到字條，我們之間的戰爭正式開始。我覺得有點緊張，但也不是太緊張。不管發生什麼事，我已經準備好了。

接著我上樓到我可惡的房間拿網球丟牆壁，至少丟了四千萬次吧。

15 一個巴掌拍不響

唉，提心吊膽半天，居然什麼反應也沒有，外公對我的字條沒說一句話，也沒做一件事。隔天，再過一天都是這樣。

我不曉得該怎麼辦。我已經向他宣戰，也給他寫了一張字條，但我的敵人完全相應不理，看來很可能會成為史上最短的一場戰爭。

當天及隔天，我緊緊跟在外公屁股後面轉來轉去，就想趁身邊沒有閒雜人等的時候，盡量給他許多和我說話的機會，我甚至陪他在客廳坐了整個下午，看電視上播出的芭樂連續劇。之後他說想要買幾支雪茄，我又陪他走到雜貨店。不到兩條街的路程，我們走了好久，因為外公一步一拐，走得好慢。「你有沒有什麼話要對我說？」我在回來的路上問他。

他對我咧嘴一笑。「彼得，我只想說的是，有你陪我真好，跟你在一起覺得很自在。」

「最近有沒有讀到什麼想要聊一聊？」我問。我差點說出口的是，比方說一張字條。

「只有報紙吧，」他說：「報紙上那麼多壞消息，我盡可能不在上面傷太多腦筋。」

於是我對外公又多認識一點。他裝蒜的功力世界一流，看來我這場房間爭奪戰永遠別想開始了。

16 第一次戰略會議

「你真笨哪，你能活著實在令人吃驚。」比利說。我們在他家玩他最愛的棒球桌遊。史提夫和我同一隊，比利自己一隊。當然，比利總是想辦法把全壘打王貝比・魯斯和打擊王泰・柯布安排在他的球隊裡。當然，比利也似乎每次都贏。

「你哪能靠一封信發動戰爭？」比利說：「你想日本人突襲珍珠港之前有沒有寫信呢？『親愛的美利堅合眾國，對不起，我們打算擊沉你們每一艘軍艦。抱歉啦。』」

「你確定你外公看到那封信了？」史提夫問。

「是啊，他一定看到了。我就放在他枕頭上。」

「搞不好他掀開被子的時候掉下去了。」史提夫說。

「那會掉在哪裡？」我說：「掉在地上？掉到窗外？那張紙很大，飛不走的。」

「你一定要發動攻擊，」比利說：「不能只寫一封有禮貌的信。砰！丟顆炸彈。轟！朝他發射火箭。」

「我才不要轟炸我外公。」我說。

「不然你打算怎麼辦？」史提夫以他慢條斯理又小心謹慎的口氣說道。等我回答的時候，他露出嘲笑的眼神。

「我會有辦法的。」我說。

「好一場精采的戰爭啊，」比利說著丟出骰子，於是他那名將如雲的明星球隊又因為打擊王何納斯．華格納的一支二壘安打得到兩分。「出手的時候到了。」

說時遲那時快，我腦中頓時靈光乍現，忍不住哈哈大笑起來。比利和史提夫看著我，以為我發瘋了。「比利，謝謝你，」我說：「多謝你啦，我是該出手了，時候真的到了。」

然後我告訴他們我要怎麼做。

17 夜襲

當天夜晚，我還以為自己絕對睡不著覺，可是我錯了。關上床頭燈以前，我把我的時鐘收音機設定在半夜兩點鐘響鈴。我在床上翻來覆去好一會兒，心中牽掛著該怎麼做，又忍不住覺得緊張。可是鬧鈴響起、披頭四的歌聲跳出來的時候，我已經睡死了。

我扭亮小燈，按掉鬧鈴，再把我寫好的一張字條檢查最後一遍。字條是這麼寫的：

竊占別人房間的人不應該一夜好眠。只要交出我的房間，這場戰爭立刻結束。

我拿出我的手電筒，套上我的拖鞋，來到房外的走廊。我偷偷摸摸下到二樓，動作緩慢又小心翼翼，盡可能走得無聲無息。整間屋子靜悄悄的無比詭異。走到樓梯底下時我停住腳步，只聽見我的心臟在胸腔裡「怦怦、怦怦」大聲狂跳。

其實我沒把握自已應不應該使出這一招來對付外公，但是為了奪回我的房間，我不得不奮力一搏。不是有人說過「兵不厭詐」嗎？希望「尊敬長輩」這句話不是同一個傢伙說的。

我像個鬼祟的夜賊似的溜過走廊，先踮起腳尖走過我爸媽緊閉的房門，然後是珍妮佛的房間。來到我原來房間的門外時，我跨過總是嘎吱響的地板，再慢慢扭轉門把，門打開了，我走進房間。

即使是在黑暗中，我也看得見平躺在被子底下的外公睡得好熟，他的呼吸緩慢而均勻，發出吹哨子般輕輕的聲音，最後變成鼾聲。他有一隻腳伸出被子，掛在床腳。

我戰戰兢兢繞過每踩必咯吱咯吱響的地板走到櫃子前面，這時我就需要亮起手電筒了。我一手遮光，確定光線只照著櫃子上的小鬧鐘。

這部分比較難搞。我拿起小鬧鐘，把指針指向三點。我得告訴你，當指針經過兩點突然「喀啦」響的時候，我嚇得差點單腳蹦了起來。勇敢一點，神祕武士，我告訴自己。然後我拉出小鬧鐘背面的按鈕，再把我的字條放在櫃子上連瞎子也看得到的地方，這才匆匆溜出房間。

到了頂樓，我立刻跳上床，熄燈，鑽進被子，等著看會發生什麼事。再過不到一小時，鬧鐘就要響了，於是外公將在三更半夜被鈴聲驚醒。

心臟啊，別跳這麼快。

18 第一次和談

你也知道，我根本就睡不著，感覺有點像是等著炸彈爆炸似的。

我兩眼緊盯我那時鐘收音機上分分秒秒的數字不斷翻動。時鐘顯示02：58，我聽見樓下外公房間的鬧鈴響了，嗡嗡嗡響了一分鐘那麼久，有如一隻生氣的蜜蜂，接著我聽見外公下床，然後鬧鈴停了。

我等著，幾乎暫時停止呼吸。現在外公應該找到那張字條了，他會怎麼做呢？繼續對我不理不睬？

我聽見外公的房門打開了。他要上來這裡嗎？是的！這時我聽見樓梯嘎吱嘎吱響，是他穿著拖鞋一瘸一拐慢慢上樓來了，我馬上鑽到被子底下假裝睡著。

房門打開了，我聽見外公走過來站在我床邊。「彼得？」他悄聲叫著。我嗯啊哼的，好像睡覺在作夢的樣子。外公在我床邊坐下，我感覺他一隻手放在我的肩膀上輕輕搖晃。「彼得？別裝了，孩子，我知道你沒睡著。」

「什——什麼？」我說，假裝我才剛剛睡醒。「外公？是你嗎？」

外公伸長胳膊扭亮我的床頭燈，我遮眼擋住乍現的強光。外公的白髮亂糟糟的，一臉不高興。「你知道現在幾點嗎？」他問。

「晚上？」

「半夜三更，」他說：「神祕武士先生。彼得，這一點也不好笑，我不喜歡有人跟我耍這種把戲，尤其不喜歡這個人是我的孫子。」

「這不是把戲，」我說：「這是戰爭。」

外公搖頭。「別胡說八道了，人是不會跟骨肉至親開戰的。戰爭必須有個敵人，而我當然不是你的敵人。」

「你收到我的字條了，」我說：「怎麼一句話也不說？」

「我還以為你在開玩笑。」外公說。

「才不是開玩笑，」我說：「你搶走我的東西，我要把它討回來。」

「我什麼也沒搶，彼得，」外公說：「是你爸媽把房間給我住的。」

「你不是還住在裡面嗎？」我說。

外公臉上突然浮現滑稽的神情。「老天爺，」他說：「你這德性活脫跟你媽小時候一模一樣，希望你別像她那麼倔強才好。不順著她的時候，她可是很恐怖的。」

「我比她更倔強，」我說：「尤其是我對的時候。」

外公嘆口氣，瞪著我看了一分鐘，這才慢慢站起來。「繼續睡吧，」他說：「我們明天早上再談，這會兒天都快亮了。」他走向門口。

「外公，」我叫他，他在門口停住。「我愛你，」我說，他聽了微微一笑。「**可是我們還在打仗喔！**」

19 豎起停戰旗

第二天上午，外公直到快十一點才下樓吃早餐，而且還穿著睡衣，不像平常那樣穿戴整齊。媽媽為他準備了土司和咖啡，他坐在餐桌前邊吃邊讀報紙，儘管我就坐在一旁，他既沒跟我說早安，也沒吭一聲。

不過另一方面，他倒是沒跟媽媽提起昨天夜裡發生的事，這點讓我很高興。

下午，媽媽帶珍妮佛出門買新鞋。我在屋外拿網球丟露台臺階的時候，外公一瘸一拐走到門外，他盯著我丟球好一陣子，見我漏接好幾次。「手要軟，彼得，」他說：「接球的時候，兩隻手一定要盡量柔軟一點，你的動作太僵硬了。接球的時候是不是有點緊張？」

「當然緊張，」我說：「光看我漏接那麼多次就知道了。」

外公聽了咧嘴笑笑。「訣竅就在手要軟，彼得。」他說著坐在門廊的椅子上。

在外公的目光注視之下，我又丟接幾球，盡量照他說的去做，說不定我有點進步吧，但我沒把握。

「我們豎起停戰旗好嗎？」外公問。

「那是什麼？」

「交戰雙方希望面對面把事情說清楚、講明白的時候，就會豎起白色的停戰旗，然後雙方在旗幟底下見面討論。如何？」

「好吧，」我說著坐在外公旁邊的椅子上。「豎白旗的意思是你要投降了嗎？」

「當然不是。我只是想告訴你幾件事，好嗎？」

「有話快說，」我說：「我是說，我們談一談吧。」

「聽著，彼得，現在的狀況不是我能控制的，希望你懂我的意思。」外公低頭看他的手，那雙指節突出的大手上滿布點點褐斑。「我並不想從佛羅里達跑來這裡強占你的房間，一點也不想。我很無奈事情演變成這樣，你懂嗎？」

我點頭。

「其實我根本不想退休，」外公說：「可是外婆生病的時候，我就不得不退休了。我也不想搬離佛羅里達，離開所有我愛的人，更不希望外婆死掉。一個人待在那棟房子裡好寂寞，非常寂寞，所以我才會搬來這裡，你大概是甩不掉我了。」

「外公，你說的我都懂。」我說。

「很好。」他點頭。

「不過我還是要討回我的房間。」

「噢，彼得，」他說著微微搖頭。「我看你大概有點被寵壞了，也許是因為你總是要什麼有什麼吧。」

「我只要我的東西。」我說。

「你還真是一心一意，」他說：「跟你媽一個樣子，開口閉口你的房間。告訴你吧，我小時候不得不跟我弟弟大衛，也就是你的叔公擠一張床。那是非常艱困的時代，彼得，不景氣的時代。我們經常吃義大利麵和豌豆，我手裡從來沒捏過兩枚五分錢硬幣。如果我有一分錢的話，那可是了不起的事。一分錢就表示可以到店裡買糖吃，而我總是花了不少時間決定要買哪一種糖。現在，瞧瞧你和珍妮佛，住在漂亮的大房子裡，玩具一大堆，穿好看的衣服，有吃不完的食物。你們不知道什麼叫欠缺，什麼是匱乏，對吧？」

「我知道我要我的房間，現在是你睡在裡面。」

「你真難纏，」外公說：「彼得，我想或許這樣對你比較好，我真的這麼想。」

「所以你不打算跟我交換房間？」我問。

「沒錯。」

「那停戰就結束了。」我說著站起來。

「別這樣嘛，」外公說：「快坐下來。」

「我只有一句話要說，」我邊說邊走下露台。「請密切留意我的第二次攻擊。」

20 拖鞋怪客

我的第二次攻擊，就是偷走外公的拖鞋。

晚餐過後的上樓途中，我在我原來的房間停留片刻，並且從衣櫥底下取走了外公的拖鞋。我也留下一封短信，這次是用麥克筆寫在一張便條紙上：

我不會輸的，可是你會。

神祕武士

我想過好幾種奇襲外公的招數，比方說在他床上放隻青蛙或是沙鼠什麼的，想把他嚇一跳，後來我想沒準他真會嚇得半死，甚至嚇得心臟病發也說不定。要知道，人是很有可能心臟病發的，尤其是老人家在極度震驚之下，很可能突發心臟病就死翹翹了。我和外公雖然是在交戰，我可不想要他的命。

上床的時候我想著這些事，但我還沒睡著，就聽見上樓的腳步聲，緩慢且一跛一跛的腳步聲。

外公走進來，啪的打開燈。「好了，」他粗聲粗氣的說：「我的拖鞋在哪裡？」

「什麼拖鞋？」我說。

「你偷走的拖鞋，彼得小子。」我還來不及回答，他已經走到我衣櫥前把門打開，只見他的拖鞋好端端擺在那裡，敎人在下我連藏也沒藏，實在有夠笨的了。「乖乖，這是什麼？」外公說：「好像是誰的拖鞋唉。」

他拾起拖鞋盯著我看，稍微搖搖頭，彷彿很失望的樣子。

「這種偷偷摸摸的把戲玩完了沒？」他問。

我沒作聲。

「你以為你是拖鞋怪客嗎？」他說：「這麼多把戲。」

「不是把戲。」我說。

「哦，不是嗎？那你說偷我的拖鞋叫什麼？」

「游擊戰。」

外公看看我，接著噗哧一聲笑了起來，真把我氣壞了。我忙著打仗的時候，我的敵人卻在嘲笑我。「我不覺得有什麼好笑。」我說。

「比你想的還要好笑，」外公說：「游擊戰，哈！耍猴戲還差不多。」

「現在拖鞋找到了，」我說：「你可以走了。」

「彼得，我們兩個必須把這件事做個了結才好，也許明天吧。這會兒你先睡覺，我們明天再談。」他彎下身子親吻一下我的額頭。「晚安。」他說。

「晚安。」我應道，雖然也想多說些什麼，比方說對不起，但我沒說。戰爭就是戰爭，我想，除非有一方投降，否則不會結束。

「游擊戰。」他喃喃說著走出我的房間，關上房門的時候，還自顧咯咯笑著。

打從那一刻起，我開始覺得自己可能會輸了這場戰爭。外公那麼和藹可親，不管我做什麼，他只是不以為意，到頭來他繼續睡我的房間，我就永遠困在這裡了。

多麼精采的一場戰爭，我想，我的敵人剛剛親吻我晚安。

21 戰術與文具

「這樣就很明顯了，你知道，」史提夫說，我們正在前往文具店的路上。「他居然親你。」

「對啊。」我說。

「這是心理戰，」史提夫說：「他非常聰明。」

「他想讓你精神錯亂。」比利說。

我們要去美又廉文具店，我們都在這家店買上學要用的文具。史提夫要買筆、資料卡和筆記本。在我認識的同學當中，沒有人像史提夫用掉那麼多文具，也沒有人像他那麼熱愛上學。要是你問我的話，我覺得這有點不太正常，我的意思是上學還好啦，況且我們非上學不可。不過我總認為一年多放幾天假無妨，史提夫卻覺得不上學的日子簡直爛透了。他時時刻刻都在看書，然後把重點記在資料卡上，他讀到什麼新字詞的時候，一定查字典，查完再把它寫在資料卡上背起來。

「外公故意親切得讓你受不了。」史提夫說。

「他是很親切啊。」我說。

「看吧，」史提夫說：「你中計了。」

「等一下，」我說：「才不是這樣。」

「就是，你中計了。」比利說。

「道理很簡單，」我們跨進文具店時史提夫說：「你發動戰爭，但外公不想跟你打，所以他想盡辦法對你親切得要命，讓你忘了這回事，到最後戰爭只能喊停。難道不是這樣？」

「不是，」我說：「他本來就是個親切和藹的人，而且他很愛我，所以才會原諒我偷拿他的拖鞋，他親吻我是為了讓我了解這一點。」

「你把他的拖鞋藏在你衣櫥裡，真的不太聰明，」比利說。

「應該丟進垃圾桶才對。」

「我絕不會那麼做。」

「或是燒掉。」比利又說。

「不可以燒掉拖鞋。」我說。

「絕對是馬基維利式的陰謀詭計。」史提夫說著拿起一個購物籃。

「你說——馬基什麼呀？」比利問。

「馬基維利是義大利文藝復興時期的王子，他也是哲學家和政治家，」史提夫說：「他老早就想出攻敵致勝的各種招數，我敢打賭你外公鐵定對他瞭若指掌。」他把一本線圈筆記本和一包資料卡放進籃子裡。

「他才不是那種人，」我不以為然的說：「外公是個很棒的傢伙，如此而已。」

史提夫又擺出一臉萬事通的德性，彷彿他在對白痴說話似的。「絕對不要低估你的敵人。」他說。

我不得不說說我的朋友史提夫，儘管他有個聰明絕頂的腦袋瓜，但有時候他實在蠢到不行。

「那你接下來打算怎麼做？」比利問。

「搞不好啥也不做。」史提夫說。

「你們兩個都搞錯了，」我說：「我會出招的，我還是想討回我的房間。」

「你能不能在房門上加鎖，讓他進不去？」比利很想知道。

「不行。」我說。

史提夫拿起一套十枝原子筆放進他的購物籃。「跟你說說我的想法，」他說：「我認為這場戰爭已經結束……而且你輸了。」

22 一記耳光

午餐後我來到屋外的露台，外公已經在等我了。「我們去散個步吧，」他對我說：「我想我們有話要談。」

「你的腿呢？」

「喔，」外公說：「我兩條腿還連著我的身體。」

「我的意思是，路走多的話不疼嗎？」

「彼得，」他說：「我這條腿走或不走都犯疼，所以或許我該做點運動，管它那麼多！」

我們慢慢走向比佛利路，那是幾條街以外的購物街。「我們現在是停戰嗎？」我問。

「你幹麼又提戰爭那件事啊？」外公說：「把它忘了吧。」

「才不要呢，」我說：「我向你宣戰了，而且我說話算話。」

「胡扯淡，」外公說。我聽不太懂那是什麼意思，但也猜出八、九分。「這不是戰爭，」他說：「而是各持己見，頂多是爭執。你這麼做，家人也會慢慢變成仇人。」

「當然是戰爭，」我一口咬定。「你搬到家裡，占據了我的領域，不是嗎？戰爭不就是為了那個？」

「不是，」外公說：「戰爭是為了權力和貪欲。」

「還有討回屬於自己的東西。」我說。

外公煞住腳步，我也跟著停下。他注視我的時候，眼神似乎嚴厲又冷酷。「所以你認為戰爭挺好的，」他說：「是不是這樣？」

「有時候。」我說。

「譬如什麼時候？」

「譬如不得不爭取你的權利的時候。」我說。

外公搖搖頭，嘴脣緊緊抿成一條線。「你錯了，彼得。解決爭端的方法很多，不必發動戰爭，而是用和平的方式。」

「我跟爸媽爭取過了，用說的根本沒用，所以我才不得不跟你作戰。」

「你錯了。」外公說。

「我沒錯，」我跟他頂嘴。「你占走我的房間。」

「聽著，彼得，」外公慢慢說道。「唯有在別人攻擊你的時候，你才不得不作戰。那時候，也只有那個時候，你才有權捍衛自己。懂嗎？」

我只想了不到一秒鐘。「誰說我沒有受到攻擊？」我說：「誰說他們沒有把我從房間裡踹出來，好像我是什麼破爛椅子似的，然後就趕我上頂樓？」

外公嘆了口氣，並且把目光別開一會兒，我看得出他不高興。

「好像戰國風雲一樣，」我說：「要是有人侵占你的領土，你就宰了他們。」

我感覺到外公一隻瘦削的手按著我的肩膀。「戰爭不是遊戲，彼得，」他說：「只有小孩、傻瓜和當將領的人才會這麼想。」

「你就是我的敵人，」我大聲說道，「我要我的房間。」

我甩開他放在我肩膀上的手。「你像一支軍隊似的進來我家，把我一腳踢出——」

啪！

外公的右手不曉得從哪裡揮過來，在我臉上甩了一記重重的耳光，驚愕又意外的我一句話也說不出來，只覺得臉頰火燙，而且好痛。

「你幹麼打我？」我說。我眼中含淚，不過沒有哭出來。

「戰爭帶來痛苦，」外公說：「戰爭釀成死傷，害人過著悲慘的日子。只有傻瓜想要戰爭。」

我深深凝視外公棕色的眼睛，這會兒他看我的眼神顯得好兇。「我不會忘記這件事的。」我說。

「但願如此。」

「我也不會原諒你。從現在開始，我們是真的交戰了。」我轉身邁向屋子，而且走得好快，撇下外公一個人在街上，嘴裡喊著我的名字。

23 為了珍妮佛喊暫停

現在我們真的開戰了，我卻一點也不開心。其實我很難對人心懷怨恨，我媽說我有顆善良的心，從來不記仇。這是真的。哪怕是以前，我爸媽或是珍妮佛每次做了什麼讓我生氣的事，隔天我就忘得一乾二淨。

因此當天晚上的餐桌上，我坐在外公對面，好想為了他打我一個耳光恨他，可我就是做不到。我的意思是，老天，他是我外公耶。他年紀大了，孤零零的，腿又犯疼，我要是恨他的話，那不是比〈星際大戰〉的黑武士達斯．維達更卑鄙無恥了嗎？

外公吃晚餐的時候意氣風發，甚至講了幾個大家都沒聽過的笑話。雖然他也對我微笑，和我說話，但我實在看不出他到底是真心還是假意。短短幾小時以前賞我巴掌的是同一個人嗎？我被搞糊塗了。

所以那個晚上，儘管我滿心困惑，我們還是像平常一樣過。晚餐後，我們都來到客廳坐下。外公拿出他的骨牌盒子，打算跟爸爸一起排骨牌玩。珍妮佛好幾分鐘不見人影，等她跨出房間邁步下樓時，已經換上她的「凸凸」。萬一你從來沒聽說過凸凸的話，我也跟你一樣，直到我媽給珍妮佛買了以後才知道。它究竟是什麼，還是讓我告訴你吧。它就是跳芭蕾舞穿的小圓裙，那裡面肯定裝了鐵絲什麼的，因為女生穿上它就會由腰部向外撐開一個圓圈，變成一條蓬蓬的小圓裙。珍妮佛的凸凸是粉紅色。這條芭蕾舞裙完全是她胡吵蠻纏要來的，因為媽媽本來是想等她上芭蕾舞課滿一年以後再買給她。但是珍妮佛跟我很不一樣，我是那種願意聽媽媽的話乖乖等一年的人。

珍妮佛不是。

為了得到這條芭蕾舞裙，她使出一連串令人作嘔的招數。她早上、中午、晚上開口閉口都在講。每當她要去上芭蕾舞課，她就哭訴一次。她告訴媽媽說芭蕾舞課的每個小女生都有一件凸凸，這當然是謊話。

她甚至坐在地上耍賴，狠狠發了頓小孩脾氣。我的意思是她兩腳在地上亂踢，扯著喉嚨尖叫嘶喊，媽媽好不容易才讓她安靜下來。這一招不管用之後，珍妮佛轉而向爸爸猛下功夫。不論早上中午晚上，只要逮到爸爸一個人，她立刻鑽到他懷裡，然後像舔你一臉口水的小狗一樣拚命親他的臉，害他差點窒息。她不停對爸爸說些甜言蜜語，說她有多麼多麼愛他，肉麻得讓人渾身起雞皮疙瘩。後來呢，爸爸和媽媽說了，於是珍妮佛順利得到她的芭蕾舞裙，而且不用等到過聖誕節或過生日的時候。

珍妮佛走到音響前面，把她那張「時光之舞」唱片放上唱盤。

「各位女士，各位先生，」她宣布道，彷彿她就站在舞台上，「現在出場的是全世界最美麗的芭蕾舞伶——珍妮佛．史托克小姐！」說完她放起音樂，那音樂我們起碼聽過不下億萬次，可是爸爸、媽媽、外公（尤其是外公）卻把身子往後一靠，熱烈鼓起掌來，一副從來沒見過珍妮佛跳舞的樣子。

她跳來跳去，不過就是踮起腳尖轉圈圈罷了，偶爾她會把兩隻手臂高高舉過頭，彷彿是想伸手到衣櫥頂上的架子拿什麼東西，有時則是單腳站立，另一隻腳在後面慢慢拖著，這個姿勢倒是頗像小鸛鳥或是一隻大雞。她也會往上蹦，我猜她原本大概是想一躍而起，飛越空中，不過珍妮佛頂多只能跳離地板十公分左右。最後她雙膝跪地，把身子縮成一團，然後雙臂舉起，綻開微笑，同時音樂也剛好結束。

當然囉，在她跳完的一剎那，大人們全都為之瘋狂。「太精采了！」他們鼓掌時爸爸高喊著，我注意到他沒喊「安可！」我也一起鼓掌，多半只是客氣而已。

有時候，當哥哥實在非常辛苦。

24 卑鄙的招數

關於我和外公之間的戰爭，我想我終於學聰明一點了。以前我可能太過聽從朋友的意見，也說不定向他們透露太多戰情，更貼切的說，我簡直就是多嘴多舌說得沒完沒了，所以史提夫和比利來我家玩大富翁的時候，我沒有跟他們說起外公甩我一記耳光的事。

老實告訴你好了，我也覺得有點羞恥。

我們都待在頂樓我的房間，我那討厭又可惡的新房間，不是我原來那個舒適又美好的房間。

「原來他們讓你睡在這裡啊，」史提夫說著四下張望一番。

「沒有比較好嘛。」

「好爛的房間。」比利說。

「我快要習慣了。」我說。

「出什麼招沒有？」比利問。

我搖頭。

「戰爭結束了，」史提夫說：「和我預測的一樣。」

「你是個窩囊廢，」比利說，他就坐在我床前那塊裝飾著流蘇的小地毯上。「我比較喜歡你原來的房間，那裡大一點，光線也亮一點，而且沒有味道。」

「味道？」我說：「什麼味道？」

「你沒聞到嗎？」比利問，他皺起鼻子嗅著空氣，像隻兔子似的。

「聞起來還好啊，」我說：「史提夫，你沒聞到什麼味道吧？」

史提夫用鼻子吸了一口氣。「對。」他說。

我們等了一下，眼睛望著史提夫，可他什麼話也沒說。「你是說對，有聞到，還是對，沒聞到？」比利問。

「我當然聞到味道了，」史提夫說：「我的嗅球感知很正常。」

「你的繡球什麼呀？」比利問：「怎麼會扯到繡球？我倒覺得聞起來像乳酪。」

「我說的是嗅球，」史提夫說：「口字邊一個臭，嗅覺的嗅，嗅球是腦子裡感知氣味的部分。」

「噢，」比利說：「又在炫耀你有多麼博學了。」

「完全正確，」史提夫說著咧嘴而笑。「或是無庸置疑……或是……」

「我們玩大富翁吧。」我趕緊說道，免得史提夫開始炫耀他的豐富字彙。有時候他真的很煩人，有時候他又實在太愛捉弄比利了。

我走到玩具櫃前面拿出我的大富翁遊戲盒，史提夫貼著比利也坐到了地板上。「我當銀行。」我說。

「當然。」比利說。

「彼得每次都要當銀行，」史提夫說：「他每次都贏。」

「什麼意思？」我說。

史提夫聳聳肩。「沒什麼意思。」但從他說話的口氣聽來，又好像完全不是那個意思。

「看在老天份上，我們好好玩遊戲行不行？」比利說。

我在兩個好友身邊坐下來，把遊戲盒放在面前，打開盒蓋。只見眼前出現不可思議的一幕，我簡直無法相信。

盒子裡是有一張大富翁遊戲盤，可是其他東西統統不見了。

沒有錢，沒有棋子，沒有房屋，沒有土地，沒有規則卡，只有一張摺疊起來的紙。我把它打開來，原來是用原子筆寫的一封短信，信上是這麼寫的：

這是兩個人可以玩的遊戲，不過現在不能玩了。

底下的署名是：老頭子

25 罵髒話

我不會把比利和史提夫罵的髒話寫在這裡。我知道我說過，事情怎麼發生，我就怎麼寫，但我不想把這些髒話寫下來，尤其這個故事是要寫給老師看的。

所以我決定用符號來代替他們罵出口的髒話。

「我真不敢相信，」比利說：「居然做出這麼◇※⊙◇⊕○×▽△☆的事！」

「沒錯，」史提夫說：「太○×▽※了！」

「只有☆◎▼⊙◇才會使出這種×招！」比利說。

「等一下，」我說：「別把我外公說得那麼難聽。」

「我愛怎麼說就怎麼說，」比利說，他真的氣瘋了。「他本來就是個☆◎▼⊙◇，你怎能說不是？」

「他才不是☆◎▼⊙◇！」我大聲說道。「我外公是個很棒的人。」

「他會用×招。」史提夫說。

史提夫的話讓我啞口無言，這招真的很×。「也許吧，」我說：「但我的確給了他好幾個這麼做的理由。別忘了，這場戰爭是我發動的。」

於是我的兩個朋友繼續罵罵咧咧，說了更多關於外公的難聽話，我繼續為他辯護。過了一會兒，我們才慢慢消氣，比利仍然罵得口水亂噴，史提夫卻突然閉嘴，露出一臉滑稽的表情。

「這樣或許也很好。」史提夫說。

「好在哪裡？」比利問。

「他已經上鉤了，你們不懂嗎？」史提夫說：「我的意思是，他總算展開反擊，加入戰局了，這是好事。」

「我們現在不能玩大富翁了，你還說是好事。」比利說。

「現在你終於把你外公拉進戰場，」史提夫說，沒理會比利。「他覺得有壓力了。現在你得繼續努力。」

「努力幹麼？」

「攻擊，攻擊，攻擊。」史提夫說。

「對啊，」比利說，「再出招。」

「我沒把握。」我說，我是真的沒把握。

「燒掉他的內衣！」比利說。

「什麼？」我還以為我聽錯了。

「偷偷溜進他房間，抓起他的內衣統統燒掉。沒有內衣的人哪裡也去不了。」

「請問你要怎麼把內衣燒掉？」我挖苦的問道。

「丟到暖爐裡。」比利說。

「別傻了。」我說。我無論如何都不會接近我家的暖爐，更別說是把內衣丟進去了。

「那就把它扯爛，」比利說：「然後丟進垃圾箱，做就是了。」

「我才不要。」我說。

「你不是神祕武士，」比利說：「你是個膽小鬼。」

「我是他的孫子，」我說：「就算你們不斷鼓動我，有些事情我也絕對不會去做。」

「膽小鬼！」比利說。

「這又不是你的戰爭。」我說。

「◇※⊙◇⊕○×◁▷☆！」比利罵我，他明明知道我不喜歡被人家罵這個，但我沒有頂回去。

「你總得做點什麼。」史提夫說。

「我會的。」我說。

「你要怎麼做？」史提夫問。

「不知道。」

「什麼時候？」

「某個時候，某個地方。」我說。

史提夫和比利聽了爆笑出聲，不多久他倆便離開了，兩人都在生我的氣，我也很氣他們。

說到底，外公頭一次的攻擊相當成功，它擊中三位好友，害得我們三個互相責罵、反唇相譏。

26 搖搖椅盡情搖擺

兩個死黨一離開，我當然馬上就去找外公。但他實在聰明絕頂。他在廚房和正在準備晚餐的媽媽瞎混一會兒，然後又陪珍妮佛玩了幾把撲克牌，等到牌局結束，爸爸也從辦公室回到家了。

一直到隔天放學以後，我才有機會和他單獨說話。我回到家的時候，他和他那個大大的工具箱都在我的房間，他人就坐在我床上，用刀子鑿刻一小塊木頭。「哈囉，彼得，」他和氣的說：

「今天上學還好嗎？」

我放下我的背包。「你又在乎啦？」我說。

「我在乎，我在乎。」外公說。

「你怎麼猜到我們要玩大富翁？」我問他。

「啊哈，」他笑得嘴角快彎到耳根，「那是軍事機密。」

「你大概覺得很好笑吧。」

外公咯咯笑了。「難道不好笑？你們三個小傢伙聚在一起要玩遊戲，沒想到大吃一驚！」外公拿了那一小塊木頭跪在我的搖搖椅旁邊，然後他試著把它塞進椅背一個小洞裡，也就是扶手一直鬆脫的位置。「只差一點點。」他說。

「你在修理我的搖搖椅。」我說。

「我盡量啦。」外公說著，手拿砂紙瘋狂的摩擦那一小塊木頭。

「你要用膠水黏？」我問。

「不是，」外公說：「用黏的不行，彼得，我要把它重新固定好。你看見扶手末端這個洞沒有？我把舊的木釘拿出來了。本來它剛好可以塞進搖椅背後另一個小洞。」外公使勁想把木釘塞進洞裡，但就是差一點。「只好再用砂紙多磨擦幾下了。」他說。

「大富翁裡其他的東西呢？現在可不可以還給我了？」

「等過些時候吧。」他說。

「要等到什麼時候？」

「等我們不再各持己見，或是你管它叫什麼的那件事結束以後。」

我睜大眼睛注視著外公，可是他在忙著磨木頭。「我覺得這不公平。」我說。

「是不公平，」他說：「這麼說吧，你那些大富翁玩具算是戰俘好了。我們一旦講和，我馬上歸還給你。」

「我決不講和，除非你放棄我的房間。」

「那麼它們就得當很久的戰俘了。」外公說。

他拿起一把鉗子夾在木釘的中間，接著他把木釘一點一點往扶手的小洞塞，同時不斷左右扭轉那木釘，盡量往裡面擠。外公費了好大的勁，不過他的手很大，肌肉很結實，最後總算把大約半截木釘塞進去了。「搞定，」外公說：「現在它好比直布羅陀巨石一樣牢靠。」

「我把你的拖鞋還給你了。」我說。

「好像是我親自上來這裡把拖鞋找出來的吧，彼得，」他說：「我可沒看見你自動交還給我哦。」

外公把鉗子收進工具箱再拿出榔頭的同時，我一直想著他說的話。那把榔頭的敲擊面裝了一塊橡皮。

「大富翁的事，我一定會反擊，」我說：「神祕武士一定會再出招的。」

「這我知道，」外公說著咧嘴笑了。「那才有趣啊。」

我不相信他居然這麼說：「你覺得有趣？」

「當然有趣，」他應道。「喔，我花了好一會兒才看出趣味來，之後我明白一件事，我的幽默感差點徹底完蛋了，而且過了好久淒慘的日子，至少去年整年都是這樣。真想不到我竟然搧你一耳光，多蠢啊！」他將搖搖椅背後的洞對準扶手末端的木釘。「現在，彼得小子，看我的。」

敲、敲、敲！外公只用榔頭這麼輕輕敲三下，搖椅的扶手便跟椅背緊緊榫接在一起。我立即坐上搖搖椅搖擺幾下，果然就像外公說的那麼牢靠。

「你很會修理，」我說：「謝謝。」我親吻他的額頭。

「我是最厲害的，」外公說：「彼得，知道嗎？以前我向來是蓋整棟房子，從地下室蓋到頂樓，要不是這條瘸腿，我現在照樣蓋得起來。不過我漸漸覺得好多了，漸漸恢復我過去的瀟灑吧。

孩子啊，這間屋子有好多需要修理的地方，而我剛好是最適合的人選。」

說完他把我摟在懷裡，我覺得挺好，但他一放開我，我就看著他說：「你知道，為了大富翁的事，我一定還擊，不會手軟的。」

「那是當然，」他說著哈哈一笑。「我簡直等不及了。」

27 釣魚去

為了反擊外公，我挖空心思想著到底該出什麼招。這並不容易。能用的招數不少，但有些我絕不考慮，例如燒掉他的內衣，我可不想做出什麼後悔莫及的事。

我曾考慮過，也確實試過偷偷拿走他的工具箱去藏起來，可是我發現那東西實在太大也太重，光是想著要抬它從地下室上三層樓梯藏在頂樓，我就已經覺得累了。

後來我總算想到要怎麼做，不過還沒機會動手之前，我和外公一起度過了一整天，我想說說這件事。

星期五晚上，外公問我有沒有釣過魚，我告訴他說沒有，我從來就沒釣過魚。爸爸不會釣魚，我唯一一次看到活魚，是在寵物店的大水族箱裡。除非是把餐廳的龍蝦也算進去，不過那隻龍蝦已經煮熟了，要不就是小時候我養的一條金魚，但一星期後它也死了。

「是這樣的，」外公說：「我想明天上午去釣一大堆比目魚來吃，彼得，要是有你陪我就太好了，而且我想你也會喜歡的。」

我可不敢說我會喜歡。「你該不會跑到大海裡去釣魚吧？」我問。

「不會，只離冷泉港岸邊幾百公尺。」

「那是哪裡？」

「開車一下子就到了，大概五十公里左右。」

「我們不會遇到什麼危險的大魚吧？」

「比方說什麼？」外公問道。

「比方說大白鯊。」

外公哈哈大笑。「哎喲，」他說：「那我倒是從來沒想過，彼得，我猜我們不會遇見大白鯊的，至少我去那邊釣魚時從來沒遇到過。」

「那好吧。」我說，覺得放心了。

外公告訴我說隔天必須七早八早起床，可是等他交代我鬧鐘要定在清晨四點半的時候，我簡直無法相信。「那是三更半夜耶。」我說。

「你一定要早早起床才釣得到比目魚。」他說。

你有沒有在清晨四點半起床過？那時候外面的天色還是漆黑一片。我漱洗之後，把外公說我會需要的衣服一件件穿在身上：舊牛仔褲，T恤，法蘭絨襯衫，外加一件舊毛衣，最後再套上我的連帽運動外套。外公在樓下廚房準備幾份要帶著上路的三明治。「火腿和香腸，」他說：「可以嗎？」

「沒問題，」我說：「我不要抹芥末醬。」

「好，」他說：「去釣魚的時候，絕對不可以帶鮪魚或是任何一種魚肉三明治，那會把魚兒嚇走的。」

「怎麼可能？」我問。

「不知道，」外公說：「但我是相信的。」

他把三明治放在一個塑膠夾鏈袋裡，也用保溫瓶幫我裝了冰牛奶，他自己還帶了一隻大保溫瓶，說是要在路上裝滿熱咖啡。如果你餓了的話，外公告訴我，不妨隨身帶點麵包或餅乾，因為我們還得再過一小時左右才吃早餐。我說我不餓，只是很想睡。

我們跨出大門，走入暗矇矇的早晨。我朝門邊的牛奶箱瞄一眼。「送牛奶的都還沒來，我們就要出發了，」我說：「我們幹麼這麼七早八早就去釣魚啊？魚到了下午會不見嗎？」

「因為潮汐。」外公說著，我們一起邁步走向媽媽的車子。

鑽進前座之前，我抬眼仰望漆黑的天空，繁星閃閃發亮，看來好像一顆顆星星符號。

外公緩慢而謹慎的駕車穿過城裡的大街小巷，接著轉上高速公路。「魚兒最喜歡在漲潮的時候覓食，」外公解釋給我聽，「潮水湧進港口，也把許多魚兒愛吃的食物一起帶進來。所以你要是在漲潮的時候把魚餌放到海裡，魚大哥就想著：『這玩意味道肯定不賴。』於是一咬上鉤，那就是我們今天七點以前非得來到海邊的原因，因為漲潮時間是九點零七分。」他轉頭看看黑暗中的我。「你知道什麼是潮汐吧？」

「潮汐就是海水水位有時候高，有時候低，」我說：「但到底是什麼讓它高高低低的呢？」

「月亮。」外公說。

我還以為他在說笑話。「會不會是星星呢？」我說：「或者是山，還是樹？」

外公咯咯笑了。「都不是，只有月亮。滿月是每個月潮水漲得最高的時候，彼得，這叫引力，千真萬確。有時間的話，你可以查一下資料。許多人都有一張潮汐圖表，他們能告訴你未來好幾年漲退潮的確切時間。潮汐真的非常重要。」

「一定很重要，」我說：「不然怎麼會害我凌晨四點半就起床了，不是嗎？」

過了一會兒，我們在一家餐館稍作停留吃早餐，那時才不過清晨五點，是我這輩子吃過最早的早餐。外公請服務生幫他把保溫瓶加滿咖啡，然後我們又上路了。

外公隨著收音機播放的一首歌哼啊哼的唱著，看來非常開心。拂曉之後，前方的天色漸漸亮了起來。「很棒，是不是？」外公對我笑得嘴角上彎。「路上只有我們兩個紳士，自由自在，無拘無束。喜歡嗎？」

跟外公單獨出遊真的很不錯。

我們抵達冷泉港時，太陽才剛剛在天邊露出金色與紅色的光芒。外公把車開到海邊，然後停在比爾的租船與釣餌店前面。我必須在這裡說句實話。那家店的味道太難聞了，法律應該禁止才對。那味道聞起來像是裡面放了一整年爛掉的臭魚，我們全班大概都會被臭得吐出來，搞不好會臭翻全校咧。

我們買了兩小桶釣餌，然後走到另一端的碼頭，也是小船停泊的地方。外公先幫我穿好救生衣，接著自己也穿上一件，這才把東西統統放上小船。小船的底部很寬也很平坦，外公把我們的釣竿和釣魚盒塞在前方的座位底下，然後扶我上船。「安全第一，」他告訴我。「不可以站起來，固定坐在一個地方，想移動位置的話，一定要先跟我講一聲。」

「是，長官。」我說道，他聽了笑得露出了牙齒。

外公解開碼頭繫住小船的繩索，把槳卡在固定的位置，隨即將小船划入港口。乘著小船駛過平靜的海水真是暢快極了，陽光在海水上跳舞，涼爽的徐風輕輕拂在臉上。「這裡超棒。」我對外公說道，他得意的微笑。

關於那天，還有好多好多事情可說，不過這一章已經寫太多字了。比方說外公教我如何把一條蟲或是一塊蛤蜊肉鉤上釣鉤，又該如何把釣鉤垂入海裡，直到你感覺它碰觸到海底，那時你得讓釣魚線扯得不鬆不緊才行，或是比目魚咬著釣餌開始扭曲身體、跳來跳去那一剎那的奇妙感覺，你又必須多麼小心翼翼的慢慢拉回釣魚線，最後把魚兒拉出水面、拋上小船等等。

那天幾乎每件事情都充滿刺激。我們抓到許多比目魚，有二十多條吧。我的肚子餓扁了，不到九點，我已經吞掉第一個三明治。我學會如何划船，划船很不簡單，但在回碼頭的途中，我還是幫忙划了一段，我也學會如何清理魚肚和刮魚鱗。

這是一次令人難忘的經歷，刺激、興奮，而且帶了一點點的冒險，我愛那天的每一分鐘。

「我們一定還要再來釣魚。」我在回家的路上這麼告訴外公。

「那當然。」他說。

打從那頭一次以來，我們經常結伴出門釣魚，有一回甚至帶著珍妮佛一起去，她也好喜歡，可是和外公的第一次釣魚，卻讓我怎麼也無法忘懷。

所以當天晚上我偷溜到舊房間偷走外公手錶的時候，你應該懂我為什麼覺得有點難過了吧。

28 耍狠招

沒花多久工夫，外公就發現手錶不見了，我想他大概不費吹灰之力，便已猜出手錶上哪兒去了。

隔天一早，他來到頂樓。那天是星期天，我正在等爸媽醒來，才好下樓吃早餐。我聽見外公上樓，於是一把抓起書來假裝在讀。

外公悄悄在我門上敲了一下，然後把門推開一道小縫往裡瞧。「睡醒了是吧?」他說著走進來，坐在我的搖搖椅上，身上還穿著他的睡衣褲、睡袍和拖鞋。「今早發生一件怪事，」他說。「我走到櫃子前面想要戴手錶，結果你猜怎麼著?我的手錶好像不見了。」

「是嗎?」我說得漫不經心。

「千真萬確。」

「哦，」我說:「說不定昨天夜裡有小偷跑到我們家，把它偷走了。」

「我想不是，」外公說:「我的皮夾也擺在櫃子上，就擺在我的手錶旁邊，可是壓根就沒人動過，我在皮夾裡面放了不少錢呢。」

「搞不好那個小偷很笨，」我說：「或者他只需要手錶吧。」

外公瞅著我歪歪嘴笑了，我不怪他，這話連我自己聽著都覺得蠢斃了。「你怎麼沒留張字條？」外公說。

「我想我們早已過了那個階段。」我說。

「或許吧。」

「是我拿了你的手錶，」我說：「你我都知道。」

外公稍微搖搖頭。「我還以為也許我們小小的戰爭已經結束了，」他說：「尤其是經過昨天以後，彼得，和你一起釣魚非常愉快，有你陪伴真不錯。」

「喔，」我說：「我也覺得昨天是特別的一天，是我們一起度過最精采的一天。可是——」我說著聳聳肩。「外公，這並沒有改變什麼。」

「我懂了。」

「你有一樣東西是我要的，除了爭取屬於我的東西以外，我也不曉得該怎麼做。」我說。

「真糟糕，」外公說：「可是你聽我說，彼得，我想要回這只手錶還有一個特別的原因，那是外婆送我的禮物，懂嗎？是我們結婚四十年的紀念禮物。孩子，我很珍惜它。」

哇，這下子我覺得自己彷彿是全世界最可悲、最卑鄙的傢伙，但我不打算放棄。「它在一個很安全的地方，外公，」我說：「我會好好照顧它的。」

其實我根本不必照顧它，因為我把它用一雙白襪子包著，妥妥貼貼收在露營裝備箱底下的網球筒裡。

「我要是找一找，說不定能找到喔。」外公說。

「我看是找不到。」我說。

「我很會找東西的，」外公說：「你上學的時候，彼得，我有一整天時間可以來你這裡翻箱倒櫃。」

「你就是找上一百萬年也找不到。」我說。

外公嘆了口氣，又搖了幾下搖搖椅。「我寧可你自動把東西還給我。」他說。

「不可能，」我說：「除非你把房間還我。」

「這話我聽過，」他說：「那我說『請』行不行？」

「聽著，外公，」我說：「你只要跟爸媽說你想跟我交換房間，那不是很容易嗎？」

外公凝視我的眼睛良久良久，一邊輕輕搖晃我的搖搖椅。

「你真的很像壞掉的唱片，老是跳針，知道嗎？」他說。

「我只要屬於我的東西。」我說。

「所以說，」外公說：「現在我們要耍狠招了嗎？」

「我不是在玩耍，」我說：「沒房間，沒手錶。」

「很公平，」外公說著站起來慢慢走向房門。「不過從現在開始，」他說：「你給我小心了。」

29 等另一隻鞋掉下

你有沒有過這種經驗，明明知道即將發生什麼可怕的事，但不曉得究竟要等到什麼時候？

我在等待外公反擊的期間，恰恰是這種感覺。老實告訴你吧，他真的很聰明，而且根本就是心狠手辣。我大概有一個禮拜發瘋似的到處走來走去，我的意思是，要是有人打算對付你，你既不知道他要幹麼，也不曉得他要何時出手，實在讓人很難保持冷靜。

我有好幾個晚上躺在床上睡不著，納悶到底什麼時候會受到攻擊，這也讓我不由得想到一個故事。一個名叫達摩克里斯的古希臘人參加一場盛宴，有人用一根頭髮倒懸一把鋒利的長劍，正好懸在他的頭上。要不是那把劍太薄，就是那根頭髮超粗。不管是哪個，等著那把劍掉下來，把你像雞肉似的削成幾塊，絕不可能太舒服的。

我覺得自己有如在牙醫診所等候看診，想著輪到我的時候不曉得有多疼。每當考試之前，我也是這種感覺，好像我讀過的東西統統蹦出了腦袋，考前就算你問我叫什麼名字，恐怕我也說不出來。

外公也常常捉弄我，搞得我神經更緊繃。

「你看起來怪緊張的。」他會這麼說。

「我是緊張，看在老天的份上，」我說：「多麼希望你已經出手了。」

「耐住性子。」他面帶微笑的說，可是他笑得真邪門，我禁不住心裡發冷。

心理戰，是嗎？我的意思是，他想攪得我心煩意亂，而且他等得愈久，我愈是方寸大亂。有一天我上學忘記帶一本書，忘得乾乾淨淨。我知道是為什麼，因為我太忙著擔憂他會出什麼招對付我了。

一天下午，外公給我說個笑話。他說有個傢伙睡在另一個人的床底下，睡上鋪的人晚上睡覺只脫一隻鞋，於是睡下鋪那傢伙根本難以入睡，總是提心吊膽等著另一隻鞋掉下。

我覺得這笑話一點也不好笑。

30 間諜珍妮佛

大約在那個時候，也就是我等著另一隻鞋掉下的時候，發生了一件非比尋常的事。那是個下雨的星期天，媽媽在廚房裡烤什麼摻了肉桂的蛋糕，香味瀰漫整間屋子，珍妮佛在一旁幫忙。過了一會兒，珍妮佛八成是愈幫愈忙，於是被媽媽趕出廚房。外公和我祖孫倆在客廳，爸爸在樓上小睡。

接著外公和我突然看見珍妮佛走進客廳，手裡拿著我的大富翁遊戲盒，我那空空的紙盒，所有棋子、卡片都被外公藏起來的大富翁遊戲。「我們一起玩吧。」珍妮佛說著把紙盒放在咖啡桌上。

「嗯哼。」外公假裝咳嗽一聲。

「你從哪裡拿的？」我說，一副有如發狂的模樣。

「從你的玩具櫃，」珍妮佛說：「你一直都放在那裡呀。」她動手要打開紙盒，但是被我一手按住不准她打開。

「你怎麼問也不問就闖進我房間裡，偷拿我的大富翁？」我很大聲的說。

珍妮佛莫名其妙的看著我。「你說我偷拿是什麼意思？」她說：「東西就在這裡啊。我是想說你、我，還有外公，我們三個可以一起玩大富翁嘛。」

「好愚蠢的主意。」我說。

珍妮佛眨著眼睛看我。「彼得，你怎麼搞的呀？」她問：「你好奇怪喔。」

「我不想玩大富翁可以嗎？」我說：「你知道，我有我的權利，你不能勉強別人非得陪你玩。我要把遊戲收起來。」

我沒料到珍妮佛會搶走紙盒，但她一把搶走了，隨即掀開盒蓋。「如果你那麼討人厭，那我跟外公兩個玩就好。」她說。

我看看外公，外公也看看我，我倆都知道接下來會怎樣。

「嘿，裡面的棋子、卡片那些東西呢？」珍妮佛問：「盒子裡只剩一張遊戲盤，其他什麼都沒了。」

然後是非常久、非常尷尬的一陣靜默，珍妮佛兩眼直盯著我和外公看，我想不出該說什麼，外公吹起了口哨。

後來珍妮佛又發現我留在遊戲盒裡的那張字條，真是蠢哪！

「『這是兩個人可以玩的遊戲，』」她大聲讀著，「『不過現在不能玩了。』下面簽名的是『老頭子』？」她滿臉疑惑。「誰是老頭子？為什麼棋子都不見了？」

「呃，」我說：「其實解釋起來非常簡單。」

珍妮佛在等，我也在等，因為我實在想不出什麼簡單的解釋。

「你們一定有什麼事瞞著我。」珍妮佛說。

外公清了清喉嚨。

「你們兩個都知道，只有我不知道，」珍妮佛說：「外公，你是不是字條上的老頭子？你是不是在捉弄彼得？」

「我？」外公說：「我？別傻了，我幹麼捉弄彼得？」

珍妮佛想了不到兩秒鐘。「就是你，外公，所以你看起來那麼心虛。告訴我好不好？你知道我很會保守祕密的。」

「別胡說了，」外公不高興的說，好像受到侮辱似的。「八成是彼得的朋友幹的好事。彼得，對不對？」

「嗄？」我說：「是啊……沒錯。」

「是誰？」珍妮佛問。

「年紀比較大的那個。」外公說。

「對，」我說：「是史提夫幹的，他比我大多了，偶爾他會叫自己老頭子。」

「史提夫才沒大你多少。」珍妮佛說，我想她肯定可以當個出色的偵探。

「他當然是大多了，」我說：「大好幾個月呢。」

「那你說史提夫把棋子都藏到哪裡去了？」珍妮佛問：「彼得，你可不可以去拿過來，我們才可以一起玩？」

「呃……」我說。

「彼得，你上樓去拿吧，」坐在沙發上的外公說著站了起來。「我也要上樓到房間套件毛衣，這裡有點冷颼颼的。」

我這才聽懂怎麼回事，於是飛奔上樓到我房間，假裝去拿大富翁，同時外公也去把那些東西從不知哪個藏匿的地點拿出來。

我們在我的老房間門外碰面。「好險。」他說著遞給我裝著大富翁玩具的塑膠袋。

我把他的手錶遞給他。

「多謝。」他說著把手錶戴上。

「這不表示我放棄了。」我告訴他。

「當然，」外公說：「我相信我還欠你一次攻擊，我隨時都可能拋另一隻鞋給你。」

說完我們祖孫倆又回到樓下，陪珍妮佛一起玩大富翁到晚餐時間。

31 鞋子掉下來了……咔啦砰！

當然，鞋子真掉下來的時候，我一點防備也沒有。那天是很平常的星期三，一星期的中間，一個上學的日子。我注意到的第一件事，就是我的鬧鈴響的時間不對。我一直都在七點鐘起床，那天居然已經七點十五了！

我跳下床，兩隻腳被毯子纏住跌倒在地，接著又發現我的拖鞋不見蹤影。我每天晚上睡覺的時候，都會把拖鞋脫在床邊。為什麼拖鞋不在那裡？

我浪費了一、兩分鐘在床底下和衣櫥裡找，然後我才恍然大悟。**這是外公的報復攻擊！**就是現在，就在今天早上。怪不得鬧鐘響晚了，我的拖鞋也失蹤了。

我光著腳丫衝到浴室去洗臉刷牙。沒有牙刷！它就是不在。洗手台上的塑膠漱口杯裡有張字條，上面寫著：「用你的手指頭。」

好個爛招！

我像個假人似的站在那裡一動不動，三心兩意，既想跑到樓下走廊的壁櫥裡拿一支媽媽存放在那裡的新牙刷，但又不想浪費更多時間，因為我已經比平常遲了。我把牙膏擠在手指上刷牙，真夠噁心的。

我匆匆跑回房間。我做任何事情最恨遲到，尤其討厭上學遲到，可是我打開內衣抽屜一看，裡面竟是空的。

又一張字條，這張是說：「內衣在走廊的壁櫥裡。」我奔出房間來到走廊，看見我所有內衣都擱在架子上。我順手抓起一條短褲、一件T恤，再飛快跑回房間把衣服穿上，那時我才往襪子抽屜一瞧，赫然發現裡面也是空的。

這會兒我火大了。驚慌失措，是的，但也很火大。襪子抽屜裡的字條說：「襪子在浴室洗手台底下的櫃子裡。」

我呻吟一聲，還罵了兩句不該罵的髒話，外公把我穿衣服這件事變成一場尋寶遊戲。我又跑進浴室往洗手台底下看，只見我捲成一球球的襪子散落在象牙牌香皂、捲筒衛生紙及一罐廁所清潔劑之間，我立刻抓起一雙襪子跑回房間穿上。

現在我估計外公的骯髒招數肯定還沒完，我沒有算錯。我掛在衣櫥衣架上的法蘭絨襯衫仍然整整齊齊掛著，不過每件都翻到了反面。我拿起一件翻好穿上，結果當然扣錯扣子，於是不得不重扣一遍。我掛在鉤子上的牛仔褲也是反的，我把它翻回正面套上，忽然發現繫在褲子上的皮帶也不見了。我想管它的，時間已經太晚，沒精神去擔心繫不繫皮帶這種小事。

那時我才又發現球鞋上沒有穿鞋帶。

我站在那裡低頭愣住了，望著我的球鞋，嘴巴張得老大，像極了我那雙嘴巴開開的球鞋。我聽見媽媽在樓梯底下叫我。「彼得！寶貝！你今天好晚。」

一隻球鞋裡有張字條。「鞋帶在廚房流理台上。」

我把兩隻腳套進球鞋試著用跑的下樓。跑不動。沒有鞋帶綁著，球鞋會邊跑邊掉，因此我不得不像個殭屍似的走路，好讓鞋子留在我的腳上。我慢慢走下樓，走到二樓走廊時，外公把腦袋探出我的舊房間，笑得唏哩呼嚕。「嘿，彼得，」他喊我，「今天一早還順利嗎？」

「不好笑。」我說。

「戰爭就像地獄。」外公應道，說完他又呵呵笑了，我更是氣得冒煙。

終於，我好不容易走到廚房，穿著鬆垮球鞋的兩腳啪嗒啪嗒走過地板，幾乎可說是整個人跌坐在餐桌前的椅子上。

「彼得，」我媽說：「你幹麼把鞋帶放在廚房流理台上啊？」

我面前是一碗牛奶燕麥片，旁邊一杯柳橙汁，我灌了好大一口柳橙汁。

「是不是要我幫你洗鞋帶？」媽媽一臉困惑的問道。

「不是，」我說：「只是開個玩笑。」我囫圇吞著我的牛奶燕麥片。

珍妮佛早已吃完早餐。「彼得，你真的好晚。」她說。

「知道啦，笨蛋！」我對她吼道。

她看看我，好像我發瘋了，搞不好真的有一點。

「我還是趁你吃早餐的時候幫你穿鞋帶好了。」媽媽說。我輕輕鬆鬆就脫下了球鞋，媽媽坐在旁邊幫我穿鞋帶。

這時我早餐已經吃得差不多了，反正氣急敗壞的我根本不餓。我接過媽媽幫忙穿好鞋帶的一隻球鞋穿上，再綁好鞋帶。她還在穿另一隻鞋的鞋帶時，我對她說：「快一點可不可以？」

大門砰一聲關上，是珍妮佛出門了，至少她今天上學不會遲到。

「我不懂你幹麼把鞋帶放在這裡。」媽媽說著把另一隻鞋遞給我，我穿上之後頭也不回跑上樓，彷彿一顆子彈似的衝上我的房間。

我有預感，外公也會藏起我的背包，但它仍如常擺在我書桌旁邊，只是裡面是空的，我的書統統不見了。

背包裡又是一個愚蠢的笑話。「書放在走廊儲藏室的行李箱裡。」

我發瘋似的跑到我們放行李箱的房間。外公實在很邪惡，我好想拿行李箱砸他腦袋，原來他在每個行李箱裡藏一本書，於是我不得不拉開每個行李箱的拉鍊，才能拿回我所有的書。

我把書塞進背包，隨即跑到樓下放外套的衣櫥前，我抓起我的外套胡亂披上，這才匆匆拔腿衝出大門。

我家和學校相隔六條街，我跑到上氣不接下氣，只好三步併兩步連走帶跑。繞過靠近學校的轉角時，只見操場上空無一人，這表示大家已經上樓到教室上課了。

我跑過操場來到校門口的剎那，忽然想起一件事：忘記帶午餐了。

我火速飛奔上樓，進教室的時候，剛好趕上我們班導潘卡洛老師在點名。當他喊到我的名字時，我仍喘得厲害，差點連一聲「到」都說不出來。史提夫轉頭過來瞄我一眼，問我為何這麼晚到。

「說了你也不會相信。」我說。

32 最後戰略會議

我們在餐廳的老位子吃午餐。等一下，這句話並不完全正確。應該說是比利和史提夫在吃午餐，我在「討」午餐吃。

我向史提夫討了半顆蘋果，比利帶的午餐是他討厭吃的豬肝腸三明治，所以分給我一半。但我也不愛，於是我倆只吃掉麵包，剩下豬肝腸。史提夫說他願意分一半牛奶給我。「我喝剩的一半。」他說。幸虧還有個叫納森・羅賓的同學很好心，請我吃了一塊花生醬餅乾。

我把今天一早發生的連環衰事一五一十說給好友們聽，惹得他們止不住陣陣狂笑。「偷你的鞋帶，」史提夫說：「好厲害的高招。」

「是爛招吧。」我說。

「我喜歡他把一本本書藏在不同的行李箱裡。」比利說著又哈哈笑個不停。

「等等，」我說：「你們到底站在誰那邊啊？」我喝了一小口史提夫剩下半盒的牛奶，溫溫的牛奶難喝得要命，一小口就足夠了。

我們走到外面的操場，然後坐在階梯上曬太陽。

「你一定要為今天的敗仗對你外公還以顏色。」史提夫說。

「無庸置疑。」我說，套用史提夫的習慣用語。

「希望不是不痛不癢的反擊，」史提夫說：「我認為這回必須採取大規模報復行動。」

「絕對不會不痛不癢。」我說。

「這次你一定要給他好看。」比利說。

「怎麼給他好看？」我問。

「不知道，」比利說：「油漆他的頭髮好嗎？」

我壓根沒在聽比利說話，因為我已經決定怎麼做了。在今天的事情發生以前，我就考慮過要這麼做，可是總覺得似乎太過狠毒。不過外公這麼惡整我之後，又覺得好像不過分了。

「你們聽著，」我說：「我知道要怎麼做了，這一招很過分，或許我不該做，但我決定要做了。再告訴你們一件事。要是這招還是不管用，我打算投降。」

「不可以！」比利說。

「噢，當然可以，」我說：「我會盡可能習慣住在那個討厭的房間，雖然不喜歡，但勉強可以將就，否則外公會使出更厲害的絕招對付我，厲害到我連想也不敢想。」

「你是個膽小鬼。」比利說。

「你說得對，」我說：「我猜我想通了一個道理，戰爭畢竟不是那麼好玩的事。」

33 最後一擊

首先我必須做的，就是讓外公惴惴不安。我忘不了自己苦等外公另一隻鞋掉下時多麼緊張——應該說多麼擔驚受怕吧。現在我要以其人之道還治其人，讓他也嘗嘗這個滋味。

我動不動就對他說：「外公，你好嗎？」而他總是回答我很好，然後我說：「你等著瞧吧。」

我也開始發出這種陰陽怪氣的笑聲：「嘿——嘿——嘿。」

連我自己聽了也覺得無比怪異，因此每當我上下樓梯和他擦肩而過的時候，一定轉過頭來看他一眼，然後對他「嘿——嘿——嘿」奸笑一下。

我不曉得「嘿——嘿——嘿」到底有效沒效，但它讓我感覺痛快極了。

自從那天他害我差點遲到之後，我等了整整一個禮拜。我不要挑上學的日子出招，我希望那天能在家裡親眼看見即將發生的每一件事。

到了星期五晚上，我也像上次一樣，把鬧鐘定在三更半夜。這次摸黑走下陰森可怕的樓梯要容易得多，整間屋子悄然無聲，我更是悄然無聲。

門上的門把在我手中轉動，我踮起腳尖偷溜進去。我要偷的東西就在外公床頭几上裝了水的玻璃杯裡。我拿起杯子，然後慢慢倒退出房間。外公睡得平靜而安詳，連一個鼾也沒打。我把門帶上，輕而易舉的走上頂樓。

我在洗手台把水倒掉，讓玻璃杯裡的東西輕輕掉落在我的手上，我可不想把它碰壞了。我從面紙盒裡抽出厚厚一疊面紙把它裹在裡面，包成一個軟軟的小包裹。

藏匿地點我早已想好。頂樓一個小房間有個衣櫥，衣櫥裡放了一個大大的外套袋子，就是那種拉鍊可以拉到兩側的大袋子，我媽把我爸幾件舊西裝和她幾件舊洋裝收在裡面。我拉開拉鍊，在我爸一件西裝上找到一個口袋，然後把那小包裹放進去。放好以後，我快步走回房間，跳上床，拉起被子。

安然無恙，我做到了，現在我得安下心來睡點覺才行，因為明天一早肯定雞飛狗跳，刺激到不行。

外公醒來的時候，一定會非常非常生氣。我不怪他，偷別人假牙這招真的很令人**不齒**。

34 戰爭結束了

我的時鐘收音機清楚顯示現在已是上午08：30，真不敢相信我竟然安然酣睡到大天亮。我躺回床上，豎起耳朵傾聽屋裡的動靜。樓下不知哪裡有人走動，大概是媽媽起床了，星期六是她上超市買菜的日子，通常她會找爸爸一起去幫忙搬東西，我和珍妮佛想去的話也可以一起去。

現在她人在廚房，我聽見爐子底下放鍋子的櫥櫃門砰的關上，她可能要開始準備我們週六的法國土司或是鬆餅早餐。我聽見二樓爸媽房間浴室裡自來水流動的聲音，那表示爸爸已經起床在漱洗了。

接著我聽見我一直在等待的聲音，外公一跛一跛上樓來找我的蹣跚腳步聲。我靜靜等著。

門口傳來了敲門聲。「進來吧，外公，」我喊道。房門打開了，外公站在門口，一隻手捂著嘴巴，可是他的眼睛看來盛滿怒意。他側著身子走進房間，臉向著窗子，不肯看我。「我呃牙洗不彥呃。」他說。

我呆望著他。「什麼？」

「我呃牙洗，」他說：「以ㄡ呃我呃牙洗，係不係？」

說。

我翻身下床的時候，外公轉身背對著我。「不奧看我！」他

他說的彷彿是小孩才懂的話，或是某種奇怪的語言。

「我聽不懂你在說什麼。」我說。

「我呃牙洗！」外公喊道。「以這個小強奧，還我牙洗！」

突然我腦中靈光一閃，原來外公沒戴假牙時講話是這樣的，太驚人也太詭異了吧。「你叫我把你的牙齒還給你，對不對？」我說。

外公點點頭，一隻手仍捂著他的嘴。

「喔，」我說：「你得先做一件事。」

「艾託，彼哦，我呃牙洗，我西要我呃牙洗。」

我在腦中翻譯了一下。「你需要你的牙齒，對吧？每個人都需要牙齒，可是我們正在打仗，記得嗎？」

「噢，彼哦，」他說：「別這樣，拜喔！」

「不行，」我說：「戰爭就是戰爭，你現在就投降，要不然絕不還你牙齒，我是認真的。」

這時外公才把臉轉向我，眼中帶著無比的悲哀，看得我差點哭出來。沒戴假牙的他整個嘴巴陷入臉頰，皮膚皺得一塌糊塗，看來老邁又虛弱。

光是看著外公那樣站在自己面前，這個我在世上最愛的一個親人，我覺得自己簡直比奸詐小人的肚臍還要卑鄙低下。

我無法解釋接下來發生什麼事，只能跟你說我做了什麼。

我跑到藏了外公假牙的衣櫥前，一分鐘不到就把裹在面紙裡頭的東西雙手奉還。外公接過假牙走進浴室，關上了門。接著我聽見洗手台的流水聲，等他出來時，假牙已經放回嘴裡，看上去又像我的外公了。

我們祖孫倆相互凝視，不發一語。

我別開臉眺望窗外，看見對街的陶柏先生在他家的草坪割草。「戰爭結束了，」我說：「希望你能原諒我這麼做。如果能讓你覺得好過一點的話，我對自己感到很羞恥，我願意蜷縮成一顆球，然後就這麼消失。」

「噢，彼得。」外公說著嘆了口氣。

「也許戰爭就是這麼開始，而且打得沒完沒了的吧，」我說：「你的敵人使壞對付你，所以你使個更壞的招數報復他，接著他再出手還擊，你又反擊回去，於是事情愈鬧愈大，手段愈來愈卑鄙殘忍，最後有人丟顆炸彈。戰爭不就是這麼發生的？」

「差不多。」外公說。

「嗯，」我說：「對不起，我不應該偷拿你的假牙。」

「我也有錯，」外公說：「彼得，別把過錯都怪到自己身上。」

「是我開始的。」我說。

「我卻由著你，」外公說：「我是家裡的大人，應該更明事理才對。不過你知道嗎？我倒是樂在其中，滿好玩的，我想我需要什麼事讓我走出傷痛吧。」

我望向窗外的時候，外公走到我身後，我感覺他一雙大手放在我的肩膀上，緊跟著他用胳膊圈著我，把我摟在他的胸前。

「我們每個人一開始就做錯了，」他說：「你爸媽給你換房間又叫你閉嘴，彼得，那是第一個錯誤。只因為你叫人家閉嘴，並不表示他的傷痛已經過去。這事最好開個家庭會議討論才是，我也應該參加，我們本來可以一起商量出一個適合我住的地方。彼得，許多戰爭的起因都是不說話。」

「我會習慣這個房間的。」我說。

「很抱歉我強占了你的房間。」外公說。

「可是我不討厭你搬來和我們住在一起。」我說。

外公聽了把我摟得更緊一點，還在我頭上吻了一下。「你是個討人喜歡的孩子，」他說：「不過跟你打仗的時候，你這小子真的好難纏。」

「結果我還是輸啦。」我說。

「是呀，」外公說：「但我也只是險勝而已。」

35 從地下室蓋起

那天早餐過後，媽媽、爸爸和珍妮佛出門上超級市場買菜，我決定待在家裡陪外公。外公坐在廚房喝他的第三杯咖啡，看上去像是在努力動腦筋的樣子。「你知道，」他說：「一定有個辦法既可以讓我住在這裡，又不必占用你的房間。彼得，我們一起用心想想看。」

「房間只有這麼幾個。」我說。

「對。」

「我的意思是，你總不能睡在廚房或客廳吧。」

「在客廳打地鋪絕對不行。」外公說著咧嘴笑了。

「對。頂樓也不行，因為你的腳不方便，爬兩層樓太費力了。」

「露台的話冬天又太冷。」外公說。

「別傻了。」我說。

「那是當然，」他說：「何況每天早上都會被報童和送牛奶的吵醒。」

「外公，認真一點。」我笑道。

他一手從額頭抹到下巴，一把抹掉臉上的笑容。「好吧，認真一點。這間老屋子還剩下哪裡？」

「地下室，」我說：「可是那裡是爸爸的辦公室。」

「嘿，對啦，」外公說：「我都忘了還有那裡。地下室是他自己整修的，是不是？就在外婆和我搬到佛羅里達以後？」

「那裡光線挺暗的。」我說。

「我們過去看看。」

我打開通往地下室的門，地下室就在廚房底下。外公尾隨我走下樓梯，我打開電燈開關。「這底下暗暗的，」我告訴外公，「因為天花板上的三盞燈只有一盞會亮。」

外公環目四顧偌大的房間，也看了那間小小的浴室。

「看來不怎麼樣，是不是？」他說。

「爸爸算不上什麼整修高手。」我說。

「所以他才當會計啊，」外公說。他架起爸爸靠在牆邊的活動木梯後往上爬，再掀開一小塊天花板往洞裡頭猛瞧。「這些燈具的電線拉得不好，他說：「不過電線倒是沒壞。」

他小心翼翼走下樓梯。「彼得，幫我一個忙，」他說：「你到外面車庫我工具箱裡拿捲尺過來好嗎？我看見你爸書桌上有些不用的紙和鉛筆。」

我拿捲尺回來給外公的時候，聽見他在自言自語。「暖氣輸送管和水管沒問題，電可以拉線過來。不管怎樣都是個開始。」

外公接過捲尺開始丈量地板，他拉直捲尺的時候，我幫忙抓住另一頭，同時他不斷把測量出來的數字寫在紙上，寫完他就坐在爸爸書桌上畫出房間的簡圖。畫完以後，他把簡圖轉過來讓我瞧個清楚。

「我考慮在這裡蓋一間我專屬的小套房，彼得，」他說：「我想住起來應該會很舒服。」

「不是有點暗嗎？」我說。

「喔，我會把燈修好，另外再多裝兩盞。」

「還有好幾塊地磚也鬆了，外公。」

「我會鋪上地毯，讓這裡暖和起來。」

「牆壁好難看。」我說。

「裝上嵌板就好看了，也會乾淨得多。我可以把小浴室改大一點，再加裝一個淋浴間。知道嗎？那邊角落有條瓦斯管，我估計可以在那裡放個小爐子，上面掛個櫥櫃，這麼一來我偶爾也可以在地下室自己煮點東西吃，或是泡杯咖啡。」

「聽起來好像很麻煩。」我說。

「那道門直通外面的車道，所以我連私人出入口都有了。」

「不知道，外公，」我說：「好像是個大工程耶。」

「嘿，彼得。」他笑得嘴角彎彎。「你記得以前我連整棟樓房都蓋得起來吧？一間小套房應該容易得很。你會不會幫我？」

「當然。」

「那麼整修起來一定更快，再說或許我有一點隱私，你們全家保有更多隱私也是不錯的主意。現在我們只需要說動你爸就行了，畢竟這是他的房子。」

我有個不祥的想法。「外公，他要是說不行呢？」

「我認為他不會，彼得。」

「可是如果他說不行呢？我們要跟我爸作戰嗎？」

外公仰頭大笑。「那一定很有趣，是不是？但是不會的，彼得，再也沒有戰爭了。從現在開始，我們家任何事都要攤開來講，心平氣和的講，希望是啦。」

36 重建和平

我們並沒有花太久工夫，便說服爸爸把他地下室的辦公室重建成外公的新套房了，不過重建也不如我想像的那麼簡單。

我知道爸爸、外公和媽媽常常討論這回事，而且多半都趁我不在身邊的時候。但我躲在樓梯底下的祕密地點，總算偷聽到幾次。爸爸擔心重建得花多少錢，外公說他有存款，「要是不能把錢花在我女兒的屋子上，把這裡整建成一個讓我可以度過餘生的地方，那麼要花在哪裡？」

之後爸爸好像就情願多了。

但他還是擔心少了一間辦公室。「你可以用樓上客房當辦公室，」外公解釋道。「爬兩層樓梯對你來說不算什麼，」外公說：「可是只下一層樓卻對我意義重大。」

聽了這話，爸爸立刻舉手投降，整建工程於是開始。外公拜託過去為他工作的幾個伙伴幫忙，他們大多傍晚上工，外公管它叫兼差，不過他們工作的時候，燈都是亮著的。

我也幫了不少忙。外公教我如何釘釘子，如何把電線穿過牆壁，裝燈具的時候，又該如何小心別被電到。「電擊的經驗不要也罷。」他告訴我。

外公的地下室小套房一共花了六個多禮拜才完工，可是建好後看起來美極了。他在地板上鋪了一張漂亮的褐色地毯，裝設一台煮咖啡和其他食物的爐子，又新買一把坐上去就很放鬆的家居椅。爸媽給外公買了一台彩色電視機，這樣的話如果我們在客廳想看別的，他就可以在地下室看自己喜歡的節目。外公新建的小浴室也很棒，有一天他甚至讓我在他嶄新的淋浴間洗澡，洗起來真是太舒服了。

不過最棒的還是外公和他朋友把所有家具搬到地下室套房的那一天，因為等他們把家具放置妥當之後，馬上又上頂樓把我的東西統統搬回我的老房間。

我幫他們把我的東西放回原位，我希望房間恢復原來的樣貌，半點也不要改變。我把收藏棒球卡的鞋盒一個個按照原來的順序擺在相同的位置，我那張漢克．阿倫海報也重新掛回抽屜櫃上方的牆壁正中央。

東西全部歸位，外公和他朋友也離開之後，我躺在床上想了一會兒。我必須告訴你，我臉上的笑容怎麼也抹不掉。我又回到出生以來住的房間，回到屬於我的地方，感覺就像在秋天第一個開始變冷的晚上，穿上我最愛的那套法蘭絨睡衣褲。我的房間住起來好舒服，而且適合我，現在總算我又屬於它，它又屬於我了。

然後我開始想到一些別的事。朋友叫你做的事，你不應該件件聽話照做。你的人生是你在過，不是他們，你必須自己決定什麼是對，什麼是錯。

躺在床上的我覺得心情無比舒暢，已經好久沒有這種感覺了，這時忽然聽見我房門外傳來好大的敲擊聲。我起床正想看看怎麼回事，剛好見到外公把門打開，手中握著一把榔頭，和要釘在門上的最後一根釘子。「這是我為你做的一件小禮物。」他說。

他把一塊木板掛在我房門上，木板上的字好像是用火烙印上去的，寫的是「彼得的窩」。

我攬住外公給他一個擁抱。「太帥了，」我說：「謝謝。」

他滿面笑容的望著我。「你沒有失去你的房間，彼得，」他說：「而是多了一個外公。」

37 獻給老師的話

柯蓮老師，最後一章是獻給你的。

我要謝謝你，在我好幾次想要放棄的時候一再給我加油打氣，也謝謝你讓我拖那麼久才交給你——比方說拖了整個學期。

我想，等我長大以後，說不定會成為一個作家哩。

我漸漸養成一個習慣，每天晚上吃過晚餐，我就溜到樓上我爸辦公室用打字機打一章。較長的章節得花上一星期，有一章甚至耗時更久。這本書寫起來多半挺好玩的，不過有些地方實在很難寫。有時候我覺得自己好蠢，一直呆坐在桌前，連一個字也憋不出來。可是只要你等得夠久，想得夠用力，妹妹也不來煩你，總會寫出來的。

我也學到起頭是最難寫的，可是愈寫會變得愈容易。不過寫到結尾的時候，我覺得有點傷心。現在我在想的是，不上樓寫故事的話，那我明天晚上要幹麼呢？

或許我得開始另外想一個故事才行。

總之，這是彼得．史托克與他外公大戰的故事，而且內容一字不假、句句真實，希望你會喜歡。

非常希望你不要因為用詞不當或文法錯誤扣我太多分哦。

理解長者的心情、同理孩子的情緒

吳在媖（兒童文學作家）

孫子跟外公大戰？啊？這是可以推薦給孩子看的書嗎？嗯哼，先別急，我的孩子也有外公，我最近也在跟他討論如果年紀大的外公有需要，你是否願意把房間讓給外公住？

「不要！」孩子最直接的反應。

「怎麼可以！」家長最直接的反應。

然後呢？家長強迫孩子？孩子心裡不平？外公就算住進來，也隱隱感到不被接納的氣氛，然後暗自傷心？有多少家庭面臨需要照顧長輩，卻又無法取得孩子的同理心，家庭成員每個都痛苦掙扎過日子的情形？

孩子無法理解為什麼自己的空間被占據，為什麼自己的權利不被尊重，他跟爸爸媽媽的上一代並沒有很多相處的機會，也沒有深厚的感情。許多的為什麼在孩子的心裡，許多不平的情緒如果沒有被理解、被討論，就會在不恰當的時機，變成一把把利劍，刺傷所有家人的心。

故事中的外公年事已高，失去伴侶，對他來說，世間事已了無生趣，女兒心中焦慮，急於伸出援手，回報爸爸多年的愛與栽培。但孩子不理解媽媽跟外公多年的父女情，要如何解釋跟說明才能解決外公的老年安置問題？

外公雖然是事件的核心人物，但也非常無力，年紀已大的他，自覺已無生產力，這樣的外公，已不像年輕時能呼風喚雨。傷心失落的老人家，要怎樣重新整理自己，取得繼續往前走的能量與信心？

這本書，在這個大家庭已崩解，小家庭林立，高齡化已經來臨的時代，出版得正是時候。

彼得，一個正要踏入青春叛逆期的五年級孩子，面對外公要住進他房間的衝擊，全力抗議。這時候爸爸怎麼做呢？

「很抱歉，彼得，事情也只能這樣了。」爸爸說。

「我能不能說這件事爛透了？」我說。

「當然可以。」

「爛透了。」

「我同意。」爸爸說。

「討厭、噁心、差勁、惡劣！」我說。

「的確，」爸爸說：「我們這個週末就要把你的東西一點一點搬到樓上去了，相信你在三樓會住得很舒服。」

這是一個傾聽孩子，讓孩子走完他情緒的爸爸，孩子可不可以生氣？當然可以，爸爸同理孩子的心將讓孩子感覺被接納，孩子內心深處知道什麼是該做的事，但他就是有情緒啊！爸爸接納孩子的情緒之後，該做的事還是得做，孩子跟爸爸一樣心知肚明，但是有了大人的同理心，孩子的情緒有了出口，事情就有溫暖的餘地。

這樣的家庭議題其實不好處理，一不小心就會變得非常沉重，我很欣賞這位作家羅勃·金默·史密斯，他寫作的口吻非常幽默，我閱讀的時候常常哈哈大笑。作者活靈活現的呈現了五年級彼得的調皮與外公的幽默，讓整本書一直在輕鬆的氛圍下進行，讀起來毫不費力，非常適合朗讀給中高年級的孩子聽。

我最喜歡這本書的地方是，作者不只討論了家庭議題，還討論了戰爭的含義。彼得搬離自己最心愛的房間之後，由於同儕的鼓吹，對外公宣戰，想要奪回自己的房間。在戰爭的過程中，因為失去伴侶而對人事失去關心與動力的外公，被孫子一次次的突襲攻擊激發了生命力，他覺得他必須跟孫子好好談一談：

「聽著，彼得，」外公慢慢說道。「唯有在別人攻擊你的時候，你才不得不作戰。那時候，也只有那個時候，你才有權捍衛自己。懂嗎？」

「戰爭帶來痛苦，」外公說：「戰爭釀成死傷，害人過著悲慘的日子。只有傻瓜想要戰爭。」

彼得到底還年輕，沒有辦法理解外公沉痛的呼籲，他還是要戰，所以外公決定那就好好的來玩一玩，讓孫子體驗戰爭的本質，這下子爾虞我詐就開始了。彼得絞盡腦汁使出戰術，卻也不安，覺得自己好卑鄙。外公反而拿出木工工具，幫孫子修理他心愛的搖椅，帶著孫子去釣魚，祖孫之間度過許多美好的時光，彼得終於深深體會，戰爭帶給他難以承受的羞恥與痛苦，最後彼得會怎麼做呢？

讀完這本書，誰說老人家沒有生產力？我可不認為喔，呵呵呵。

重建——畫出家的剖面，寫下家的故事

楊富閔（作家）

讀完《我的房間保衛戰》，一直想到小學的數學課，有回上到類似立體剖面的課程，特別引起我的興趣。記得當時下課一有空閒，我就拿起白紙，開始練習畫各種形狀的剖面。我的數學不是很好，畫畫也不太擅長，卻日日沉浸於各種空間的想像，樂此不疲地穿梭其中。後來漸漸畫出了興趣，居然就把自己的家當成題目畫了出來……

我家住的是民國七十年代前後興建的樓仔厝，有著現下流行的老花磚、老壁櫥、馬賽克浴池，正是所謂老房子的意思。我細細畫著自家空間的各種剖面，不很精準地，從點而線而面，彷彿就像在重新認識自己的居所：誰的房間、停用的浴室、看得見學校水塔的陽台、鋪著巧拼的三樓客廳、香火終年不斷的佛堂……

從小我就對家屋空間特別敏感，國小六年級我就擁有自己的臥房，一路走來從二樓住到三樓，現在回到老家則是哪裡都能睡。老家鼎盛時期，據說曾經住過十多人，如今常常只剩年紀最小的我獨自顧著。很多人已經離開了。很多人還會回來嗎？偶爾樓上樓下走走看看，才發現眼前所見盡是故事。

《我的房間保衛戰》開宗明義告訴了你：「我們應該把發生在自己身上的重大事件寫成故事」，而故事中的小男孩，他長得什麼模樣呢？不知他對空間是否也特別敏感？如果我們替這個故事設計一張空間剖面圖，然後設想自己隨著住在佛羅里達的外公，一起走進這間屋子，走進小男孩的房間，是否就能順著作者的筆觸張開雙眼，然後看見清晨的曙光，是如何穿過百葉窗來到小男孩的世界；聽見雨滴落在排水管與玻璃窗的清脆聲響。只是現在小男孩就要因著外公的搬入——並且住進他的房間，被迫撤出原本就算摸黑，也能清楚知道東西放在哪裡的天地了。故事走到這裡，我們都忍不住要倒吸一口氣，小男孩如此深愛他的小世界，這下應該怎麼辦才好呢？

《我的房間保衛戰》說的是祖孫之間因著房間歸屬而生的長照故事，以小男孩自他原有的房間遷出為破題，描述與外公之間的攻防進退，主客之間的心理糾葛。然而這個故事可以讀成只是祖孫兩人之間的事，卻也可以讀成是一家人的事。故事之中布滿各種戰爭為喻的修辭，將親子課題提升至普世人性的高度，尤其值得討論，也別具反思性。

小男孩最後是否失去了他的房間呢？外公難道成為房間的主人？這就有待讀者一探究竟。於我而言，《我的房間保衛戰》還是一個關於「重建」的故事——透過房間的歸屬、家屋的修繕、空間的配置，每個角色都在重建自我與他人的關係，也安置自我與自我的關係。以此增進彼此的理解、情感的交流。換言之，小男孩撰寫的不只是自己的故事，更是寫下了關乎家的故事。

一場爭奪權力的親子戰爭

溫美玉（南大附小教師，「溫老師備課Party」社群創立者）

身為國小教育第一線的教師，我很能體會為了讓全班學習進入狀況，老師有時必須化為「管理者」，果斷訂定班規、制止孩子的某些行為（例：上課講話影響別人）。大人運用自己的輩分與資源，直接行使「權力」要求孩子，能省去雙方來回對話的時間，整體而言比較方便又效率。

《我的房間保衛戰》講的是另一種特殊卻常見的情況：當大人迫於個人考量，以「權力」為把柄要求孩子改變，但孩子大不服氣，固執的不願妥協，該怎麼辦？這本書給習慣「行使權力」的父母、老師一個提醒，也讓孩子從書中發掘自己的「心聲」。更有價值的是，大人小孩均能從分析主角的「行動」過程中，好好思考當「權力」產生摩擦時，能如何從事件中找到彼此都滿意的「平衡點」。

故事講述主角彼得因外公的到來，不得不聽父母的話，讓出已陪伴他十年的寶貝房間，他憤恨不平，但爸媽以「老人家行動不方便」、「外公因外婆去世心情非常悲痛」為由，漠視他的抗議。就這樣，彼得被迫搬到他認為老舊又詭異的頂樓房間住。

明白「與爸媽爭取」的招數沒用後，彼得把矛頭轉向外公，他以「神祕武士」名義，以一張紙條向外公開戰，誓言用各種計謀「搶回屬於自己的東西」，於是偷手錶、半夜設鬧鐘吵醒外公等招數一一上演。原本不斷說服彼得「停戰求和」的外公，發現彼得說不動又堅持己見，也以「老頭子」稱號接受了他的宣戰。於是，在其他家人都不知道的情況下，鬥智的戲碼開始上演。

雖說兩人互為敵手，彼得與外公的權力爭奪卻是建立在「愛」的前提下。他們仍一起完成許多快樂的事（例如：釣魚、修理壞掉的搖搖椅）、儘管嘴裡念著要「攻擊」、「報仇」，仍深深體貼著對方的感受。當好朋友史提夫罵外公奸詐狡猾、幫彼得想許多陰險招數（例如：燒掉外公的內衣）時，彼得都會忍不住替外公抱不平！這樣的「敵人」關係既微妙又有趣。

而原本深陷喪妻之痛，太想念外婆而憂鬱、無所事事的外公，因彼得拋下的難題，而有了人生的新目標。鬥智鬥力的過程中，外公漸漸找回本有的自信與幽默感。最後，他們終於找到開戰之外，對兩方都好的解決辦法。

究竟大人給孩子的「權力掌控」與「授權」比例如何衡量？這是個難

以拿捏的課題，過度「掌控」，易導致失去自主性，完全「授權」又可能寵壞孩子。若能從「主角如何爭取權力？」觀點切入閱讀，找出主角聽到「房間要讓給外公住後」出現的情緒、想法，這些情緒想法又導致什麼行動？另一方面，外公怎麼看待主角的抗議？最後他用什麼行動促成彼此「雙贏」的局面？

此書完全從男孩的角度出發，道出孩子心聲。此外，每個單元的篇幅短，讀來毫無壓力，除了作者與父母、外公的交流外，也加上了與手足、朋友的互動。每個角色的性格鮮明，或多或少影響主角所做的決定。進入故事裡，你會發現你的情緒受祖孫兩人爆笑的「攻防戰」牽動、為他們默默替對方著想的「貼心」感動、為兩人最後下的「決定」激動，溫馨與逗趣的情節，讀來彷彿飲入冰涼清爽的果汁，沁人心脾，值得親子一同來試試！

情緒溝通學習單

溫美玉（南大附小教師，「溫老師備課Party」社群創立者）

主題：祖孫的攻防全紀錄

流程：

一、親子一同閱讀此書，討論以下問題，並記錄在表格中（以下表格只附前段情節的示範）。

情節過程		彼得 情緒＋想法	彼得 行動	外公 情緒＋想法	外公 行動
前	外公搬來之前	**生氣、委屈、難過** 覺得很不公平，為什麼是自己要犧牲房間？為什麼爸媽總是能逼孩子做他們不想做的事？	**抱怨、哭泣、宣洩、妥協** 大吼大叫、與爸媽爭吵。		
中	外公搬來但未正式開戰	**緊張、期待、驚慌** 朋友說我是受氣包，我也覺得不能老是讓別人踩到我頭上，所以我決定私下和外公打游擊戰。	**面對、求助、省思、挑戰、攻擊** 偷偷用爸爸的打字機，寫一張「宣戰聲明」給外公。	**驚訝、無奈** 小孩子愛玩，假裝沒看到，也不要跟他提起就好。	**放空、休息** 彼得問起，就裝蒜假裝自己沒看到字條。
後	正式開戰後				

(1)彼得聽到「房間要讓給外公住後」出現的情緒、腦中迸出的想法，這些情緒想法導致什麼行動？

(2)外公怎麼看待彼得的抗議？最後他用什麼行動促成彼此「雙贏」的局面？（參考附錄：情緒語詞、行動語詞）

二、用「觀點句型」分享對故事的看法（參考附錄：觀點句型）。

(1)可以「親子輪流」的形式完成，九個句型輪著使用，不可重複。

(2)不一定要在整本書讀完後才能評論，也能在書看一半時，就讓孩子發表並預測之後的發展。

(3)評論內容可針對「故事情節」、「角色『爭奪權力』的行動」、「寫作手法」做評論。

舉例：

①彼得雖然認為外公是他的敵人，但還是很愛外公，因為朋友說他外公奸詐狡猾時，他都會幫外公辯解，我猜他自己也沒發現。

②我喜歡外公後來「接受挑戰，與彼得開戰」的反應，因為比起假裝沒看到紙條，這樣他們更有機會面對這個問題，過程中也發生很多崩潰、有趣的事呢！

附錄

1.情緒語詞

快樂組：1愉快 2高興 3快樂 4驚喜 5痛快 6狂喜
舒服組：1放鬆 2舒服 3感動 4得意 5平靜 6幸福

情緒溝通學習單

難過組：1失望 2疲憊 3委屈 4難過 5孤單 6悲傷
害怕組：1不安 2緊張 3擔心 4害怕 5驚慌 6恐懼
生氣組：1煩悶 2挫折 3嫉妒 4生氣 5憤怒 6抓狂
其他組：1無聊 2尷尬 3驚訝 4討厭 5愧疚 6震驚
其他組：1滿足 2充實 3感激 4期待 5自豪 6安心 7解脫 8自得其樂
其他組：1矛盾 2羨慕 3後悔 4空虛 5丟臉 6沮喪 7懷疑 8絕望 9無奈

2.行動語詞

前進	1挑戰 2省思 3洞察 4求助 5面對 6征服
休止	1無怨 2隨緣 3等待 4放空 5休息 6妥協
後退	1抱怨 2哭泣 3宣洩 4逃避 5放棄 6攻擊

3.觀點句型

1我質疑，因為……	2我不同意，因為……	3我同意，因為……
4我期待，因為……	5我喜歡，因為……	6我推斷，因為……
7我認為，因為……	8我預測，因為……	9我的結論是，因為……

小麥田
故事館45
我的房間保衛戰
The War With Grandpa

作者 羅勃・金默・史密斯（Robert Kimmel Smith）
譯者 趙永芬
封面插畫與設計 張蓓瑜
電影書衣版封面設計 蕭旭芳
責任編輯 汪郁潔

國際版權 吳玲緯
行銷 何維民 吳宇軒 陳欣岑 林欣平
業務 李再星 陳紫晴 陳美燕 葉晉源
副總編輯 巫維珍
編輯總監 劉麗真
總經理 陳逸瑛
發行人 凃玉雲
出版 小麥田出版
10483台北市中山區民生東路二段141號5樓
電話：(02)2500-7696 傳真：(02)2500-1967
發行 英屬蓋曼群島商家庭傳媒股份有限公司
城邦分公司
10483台北市中山區民生東路二段141號11樓
網址：http://www.cite.com.tw
客服專線：(02)2500-7718｜2500-7719
24小時傳真專線：(02)2500-1990｜2500-1991
服務時間：週一至週五09:30-12:00｜13:30-17:00
劃撥帳號：19863813 戶名：書虫股份有限公司
讀者服務信箱：service@readingclub.com.tw
香港發行所 城邦（香港）出版集團有限公司
香港灣仔駱克道193號東超商業中心1樓
電話：+852-2508-6231 傳真：+852-2578-9337
馬新發行所 城邦（馬新）出版集團 Cite (M) Sdn Bhd.
41-3, Jalan Radin Anum,Bandar Baru Sri Petaling,
57000 Kuala Lumpur, Malaysia.
電話：+6(03)9056-3833 傳真：+6(03)9057-6622
讀者服務信箱：services@cite.my
麥田部落格 http://ryefield.pixnet.net
印刷 漾格科技股份有限公司
初版 2018年2月
初版七刷 2022年3月
售價 280元

ISBN 978-986-95636-0-4
Printed in Taiwan.

國家圖書館出版品預行編目資料

我的房間保衛戰／羅勃・金默・史密斯（Robert Kimmel Smith）作；趙永芬譯. -- 初版. -- 臺北市：小麥田出版：家庭傳媒城邦分公司發行，2018.2
面； 公分. --（故事館；45）
譯自：The war with grandpa
ISBN 978-986-95636-0-4（精裝）

874.59 106018548